सुभाना और अन्य कहानियाँ

सुभाना और अन्य कहानियाँ

सत्यवती मलिक

वाणी प्रकाशन

वाणी प्रकाशन

4695, 21-ए, दरियागंज, नयी दिल्ली 110 002

शाखा

अशोक राजपथ, पटना 800 004

फ़ोन: +91 11 23273167 फ़ैक्स: +91 11 23275710

www.vaniprakashan.in
vaniprakashan@gmail.com

SUBHANA AUR ANYA KAHANIYAN
by Satyavati Malik

ISBN : 978-93-5072-611-2
Collection of Stories

प्रथम संस्करण

मूल्य : ₹ 250

हर्ष प्रिंटर्स, दिल्ली-110 093 में मुद्रित

वाणी प्रकाशन का लोगो मक़बूल फ़िदा हुसेन की कूची से

प्रस्तावना

श्रीमती सत्यवती मलिक 1930 के दशक की मूर्धन्य लेखिका हैं। उनका लेखन बीसवीं शताब्दी के सात दशकों के अनुभव की अभिव्यक्ति है। सत्यवती जी का जन्म, उनकी शिक्षा-दीक्षा सब कश्मीर में ही हुई जिस कारण कश्मीर के ज़र्रे-ज़र्रे से उनका घनिष्ठ एवं मधुर परिचय रहा है। यही कारण है कि अपनी रचनाओं में उन्होंने कश्मीर का वर्णन बड़े ही आकर्षक और विस्तृत रूप से समावेशित किया है। उनका प्राकृतिक सौन्दर्य केवल कश्मीर और हिमालय तक ही सीमित नहीं है बल्कि उन्होंने हरे-भरे खेतों में खिली हुई सरसों के बसन्ती फूल, बागों में फलों से लदे हुए वृक्ष, खेतों के किनारे कुएँ पर चलता हुआ रहँट और उसकी मधुर-ध्वनि का इस प्रकार सजीव चित्रण किया है कि मानो वहाँ का सारा सौन्दर्य समेट कर अपनी रचनाओं को जीवन्त रूप दे दिया हो। आप में स्पष्टता, बेबाकपन और स्वच्छन्दता की ऐसी भावलहरी प्रतिबिम्बित होती है जो उन कथाओं को मुख्यधारा की समानान्तरता प्रकट करती है।

आप अपने समय की सुविख्यात साहित्यकार ही नहीं, समर्पित समाज-सेविका और मर्मज्ञ कलाप्रेमी भी हैं। कहानी, संस्मरण, यात्रावृत्त, रेखाचित्र, ललित निबन्ध आदि अनेक विधाओं के माध्यम से हिन्दी साहित्य की अभिवृद्धि में उनका उल्लेखनीय योगदान रहा है।

सत्यवती जी का दृष्टिकोण किसी समाज या सम्प्रदाय विशेष तक ही सीमित नहीं रहा। उन्हें जहाँ से भी प्रकाश मिला उसे ग्रहण करने का प्रयत्न निरन्तर करती रही हैं। वे उन अल्पसंख्यक भारतीय महिलाओं में से हैं जिन्हें हम सुसंस्कृत से सुसंस्कृत समाज में भारतीय आदर्शों के उदाहरण स्वरूप उपस्थित कर सकते हैं।

आपने शान्तिनिकेतन में कुछ समय बिताया और गुरुदेव रवीन्द्रनाथ ठाकुर से उनकी कहानियों के बारे में साहित्य-चर्चाएँ सुनीं। वे वहाँ पर महान सन्तों, विचारकों, पंडितों और कलाकारों के सान्निध्य में आयीं

जिनसे उन्हें लेखन के क्षेत्र में प्रेरणा मिली जैसे—पं. बनारसीदास चतुर्वेदी, पं. हजारीप्रसाद द्विवेदी, आचार्य क्षितिमोहन सेन, श्री गुरुदयाल मलिक और श्री सुधीर खास्तगीर।

कलकत्ता के पाँच-छह वर्षों से लेकर दिल्ली में स्थायी रूप से बस जाने पर जिन विशिष्ट साहित्यकारों, कवियों, कलाकारों के सम्पर्क में रहीं और जिनकी उत्कृष्ट रचनाएँ एवं साहित्य वे पढ़ती-सुनती रहीं उनमें पंडित बनारसीदास चतुर्वेदी, राष्ट्रकवि मैथिलीशरण गुप्त, सियाराम, पं. बालकृष्ण शर्मा 'नवीन', श्री हरिवंशराय बच्चन, श्री भगवतीचरण वर्मा, श्री सियारामशरण गुप्त, कविवर सुमित्रानन्दन पन्त, श्रीमती सुभद्राकुमारी चौहान, श्री रामधारी सिंह दिनकर, डॉ. वासुदेव शरण अग्रवाल, श्री जैनेन्द्र कुमार, श्री वंशीधर विद्यालंकार और श्री राजेश्वरप्रसाद नारायण सिंह प्रमुख हैं। प्रायः इनकी सभाएँ और गोष्ठियाँ 5/90 कनाट सरकस में की जाती थीं। इसी युग को हिन्दी का स्वर्णिम युग भी कह सकते हैं।

सत्यवती जी ने साहित्य को किसी भी राष्ट्र और समाज का दर्पण, गौरव एवं आत्मा कहा है। और जिसे जीवित व सुरक्षित रखने के परम कर्तव्य और ध्येय को लेकर बीस वर्षों तक दिल्ली में राष्ट्रभाषा हिन्दी को परिष्कृत-परिमार्जित करने में अमूल्य सहयोग दिया। अन्य प्रान्तीय भाषाओं के अंतस्तल तक पहुँचने से भी उनका दृष्टिकोण व्यापक हुआ।

सत्यवती जी के गुण, जिनको कि हम सर्वोच्च स्थान देते हैं, वह है उनका मातृत्व। माता के रूप में ही उनका स्मरण किया जा सकता है। उनकी कृतियों में मातृप्रेम का स्वच्छन्द झरना बहता हुआ नज़र आता है। बाल मनोविज्ञान का बड़ा ही आकर्षक एवं मार्मिक वर्णन उनकी रचनाओं में पाया जाता है।

साहित्य के अलावा संगीत और ललित कलाओं के विकास में भी श्रीमती मलिक का महत्त्वपूर्ण योगदान रहा है। गान्धर्व महाविद्यालय, संगीत भारती, सरस्वती समाज, इंडियन नेशनल थियेटर और हिन्दी भवन, चित्र-कला-संगम जैसी अनेक संस्थाएँ उनके अथक सहयोग और निःस्वार्थ सेवाभाव से गौरवान्वित हो चुकी हैं। इसके अतिरिक्त उनकी रुचि संगीत तथा चित्रकला की ओर भी निरन्तर रही है। उनकी तूलिका से अंकित चित्रकला के कुछ नमूने तो उनके निवास-स्थान पर आज भी देखे जा सकते हैं। वर्षों तक वे आकाशवाणी एडवाइजरी बोर्ड और फिल्म सेंसर बोर्ड की सदस्या रहीं और विभिन्न विषयों पर आकाशवाणी से प्रभावोत्पादक वार्ताएँ भी प्रसारित करती रहीं। उन्होंने स्वतन्त्रता के पूर्व

और पश्चात के अनुभवों को जिस गहराई से मुखरित किया है वह अद्वितीय है। उनका स्थान महिला लेखिकाओं के सन्दर्भ में ही नहीं देखना चाहिएं। उनकी कृति को उन लेखकों के परिवेश में देखना चाहिए जिन्होंने समकालीन भारतीय इतिहास का अवलोकन किया। उनकी भागीदारी बनी अपने लेखन से, उन्होंने अपने अनुभवों का संप्रेक्षण किया।

उनके अनुभवों का विस्तार चकित कर देने वाला है। कहाँ तो वे कश्मीर की उन मार्मिक कथाओं की बात करती हैं जैसे नूरी, सुभाना, कैदी, माली की लड़की, जिसमें पवित्र स्नेह-बन्धन का भाव है। जो एक स्वस्थ वातावरण, युग व मन की उपज है और कहाँ मैडम क्यूरी, मेरी माताजी, राष्ट्रमाता बा, सुकरात का विषपान का वर्णन करती हैं जोकि हिन्दी साहित्य की निधि है। इसके अतिरिक्त उनका वात्सल्य उनके जीवन और उनकी कहानियों में झलकता है।

'बुत', 'पर जो चला जाता...' में आप पाएँगे कि किस तरह हृदय की कोमल फूल-सी भावनाएँ बाह्य परिस्थितियों से कुचली जा रही हैं। 'दो फूल' में चेतना की स्मृति है। जीवन की कटु-मधुर अनुभूति है। इस कहानी का प्रकाशन जब 'विशाल भारत' में हुआ तो उसकी अत्यधिक चर्चा हुई।

बीसवीं शताब्दी का आधा हिस्सा, जिस हिस्से में सत्यवती मलिक अतिरिक्त रूप से सक्रिय रही हैं, स्वाधीनता संग्राम का अत्यन्त गतिशील हिस्सा है। इस दौर में उन्होंने अपनी अनेक महत्त्वपूर्ण कथाओं का सृजन किया है। इस दौर की उनकी कहानियों में मुक्ति की आकांक्षा का मुक्ति रस है। संयोग ही है कि कश्मीरी पीठिका पर सर्वप्रथम कलम चलाने वाली लेखिका में भारतीय स्वाधीनता की उत्कट प्रेरणादायी भावोन्मेषी वृत्ति सम्पोषित हुई है किन्तु वे स्वाधीनता के उपरान्त भी सृजनरत रही हैं और अपने वैचारिक आदर्शों में महात्मा गाँधी से प्रभावित रही हैं।

यह संकलन उनके विस्तृत अनुभवों और उसके फलस्वरूप अभिव्यक्ति का प्रतीक है। हिन्दी जगत में श्रीमती मलिक का योगदान उनकी बेजोड़ कहानियों के लिए हमेशा याद किया जाएगा और उनके हिन्दी प्रेम व साहित्य की छाप हरेक के मन में जाग्रत रहेगी।

–केशव मलिक

पुरोवाक्

बीसवीं शताब्दी की महिला कथा-लेखिकाओं में सत्यवती मलिक का नाम उन अग्रणी आरम्भिक कथा-लेखिकाओं के साथ जुड़ा है जिन्होंने हिन्दी कथा-लेखन को अनेक दृष्टियों से सम्पन्न किया। अनुमानतः तीसरे दशक में आते-आते कथा-लेखन के क्षेत्र में महिलाओं की उपस्थिति इतनी कम है कि उनके प्रतिदान के बारे में अलग से लिखने की गुंजाइश बनाना थोड़ा दुष्कर था किन्तु सत्यवती मलिक और उनकी अनेक समकालीन लेखिकाओं ने हिन्दी कथा की समृद्धि में जो योगदान दिया, वह उल्लेखनीय है। उल्लेखनीय सिर्फ इसलिए नहीं कि वे एक महिला लेखक थीं बल्कि उल्लेखनीय इस अर्थ में भी कि पुरुष वर्चस्व की कथाओं की तुलना में कथात्मकता का स्वाभाविक प्रवाह भाषिक दृष्टि या अभिव्यंजना की दृष्टि से भी महत्त्वपूर्ण था। केवल संवेदना का ही पक्ष लें और सत्यवती मलिक की ही कथाओं को आधार बनाएँ तो स्पष्ट हो जाता है कि मानवीय भावनात्मकता का अत्यन्त महीन आदर्श पुरुष कथाएँ प्रस्तुत नहीं करतीं अपितु महिला लेखिकाओं की कथाएँ प्रस्तुत करती हैं।

सत्यवती मलिक की कहानियाँ भाषिक संरचना की दृष्टि से हिन्दी की आरम्भिक आधुनिक कहानियाँ कही जाएँगी। इसलिए भी कि उनमें बृज या अवधी या पूर्वीय लोक बोलियों की सरसता की जगह पंजाबी या कश्मीरी लोकवृत्त की उदारता लक्षित होती है। उनमें स्पष्टता, बेबाकपन और स्वच्छन्दता की ऐसी भावलहरी प्रतिबिम्बित होती है जो उन कथाओं को मुख्यधारा की समानान्तरता प्रकट करती है।

सत्यवती मलिक इसलिए भी याद की जाएँगी कि उनकी कहानियों में कश्मीर अर्थात् हिमालय क्षेत्रों की रमणीयता दृष्टिगत होती है। इस आधार पर भी वे एक ऐसी कथा-लेखिका सिद्ध होती हैं जिन्होंने विषयों की दृष्टि से भी हिन्दी कथा को सम्पन्न किया है। कहना पड़ेगा कि

बीसवीं शताब्दी में विषयों के वैविध्य से सम्पन्न कथाकारों ने ही नयी कथाप्रवृत्तियों की शुरुआत की है। इस कालखण्ड की कथाओं की मुख्य कथाभूमि भारतीय समाज में परिवार का बहुविध महत्त्व तो प्रतिपादित करती ही है किन्तु वे अपने अन्तर्निहित संकेतों में उन तमाम समस्याओं की ओर भी इंगित करती हैं जिन्होंने दासता की यथास्थिति को मजबूत किया है। इस क्षेत्र में भी सत्यवती मलिक के योगदान की उपेक्षा नहीं की जा सकती क्योंकि स्वाधीनता संग्राम के मोर्चे पर वे कलम के सिपाहियों की सेना का प्रतिनिधित्व करती दिखाई देती हैं।

बीसवीं शताब्दी का आधा हिस्सा, जिस हिस्से में सत्यवती मलिक अतिरिक्त रूप से सक्रिय रही हैं, स्वाधीनता संग्राम का अत्यन्त गतिशील हिस्सा है। इस दौर में उन्होंने अपनी अनेक महत्त्वपूर्ण कथाओं का सृजन किया है। इस दौर की उनकी कहानियों में मुक्ति की आकांक्षा का मुक्ति रस है। संयोग ही है कि कश्मीरी पीठिका पर सर्वप्रथम कलम चलाने वाली लेखिका भारतीय स्वाधीनता संग्राम के अनेक पड़ावों की गवाह भी रही हैं और उस काल के आन्दोलनों को जनसमर्थन दिलाने में भी अग्रणी रही हैं। सत्यवती मलिक की अनेक कथाओं में भारतीय स्वाधीनता की उत्कट प्रेरणादायी भावोन्मेषी वृत्ति सम्पोषित हुई है किन्तु वे स्वाधीनता के उपरान्त भी सृजनरत रही हैं और अपने वैचारिक आदर्शों में महात्मा गाँधी से प्रभावित रही हैं।

इतिहास के अत्यन्त सक्रिय खण्ड में हिन्दी की अनन्य समर्थक सत्यवती मलिक अपनी बेजोड़ कहानियों के लिए तो याद की ही जाएँगी, उस कालखण्ड के सामाजिक जीवन में उनका अविज्ञापित योगदान भी कम महत्त्व का नहीं है। उसके प्रति कृतज्ञता का भाव हर पाठक के हृदय में अविच्छिन्न रूप से अंकुरित है।

दिल्ली
गुरुपूर्णिमा 2013

—गंगा प्रसाद विमल

अनुक्रम

बुत

गोनार स्टेशन पर उतरकर उसने स्टेशन मास्टर से—जो मोटा खद्दर का कुर्ता और सफेद डोरी का चश्मा लगाये लू से बचने के लिए कोठरी के एक कोने में सिमटकर बैठे थे—गाँव का रास्ता पूछा।

सात कोस।

कहके वे पुनः ऊँघने लगे तब उसने वृद्ध व्यक्ति के आराम में बाधा पहुँचाना उचित न समझा, और जंगल से बाहर निकल सीधे ऊबड़-खाबड़ मार्ग से जिसके दोनों ओर गेहूँ के ताजे कटे खेत बृहत् स्वर्णराशि की भाँति पड़े थे, चलने लगा।

कोट उतारकर उसने सिर पर रख लिया था, कुछ तो गर्मी से बचने के लिए, दूसरे अंग्रेजी ढंग के बालों और कमीज के कालर को छिपाने के लिए, क्योंकि ऐसा होने से ठेठ देहात में, हजार बार दुहाई देने पर भी उसे कोई जाट न समझता। स्मरण रहे इस ओर बनिये, ब्राह्मण आदि जातियों की अपेक्षा जाट कहीं उच्च समझे जाते हैं।

सुबह घर से चलते वक्त वह केवल चाय और हलका नाश्ता करके निकला था, इस समय बारह या लगभग एक बजनेवाला था, भूख से भी अधिक उसे प्यास सता रही थी। आगे चलकर जहाँ पथ के दो रास्ते हो गये, एक ओर खलिहान में से, बचा-खुचा गेहूँ सोने के दानों की भाँति एक किसान उठवा रहा था।

गाँव कितनी दूर? किस ओर?—उसने जानना चाहा।

हाथ के संकेत से किसान ने रास्ता जिस ओर बताया, करीब आधा मील तेज धूप में चले जाने पर उसे एक कुआँ दिखाई पड़ा, प्यास के मारे वह दौड़ा। कुएँ पर एक छोटा लड़का बैठा था, अंजलि भर पानी उससे लेकर पिया, पर जल खारा था, प्यास बुझी नहीं।

और यह भी पता चला कि वह भटक गया है, उसे पुनः वहीं—जहाँ दो रास्ते हो गये हैं—लौट जाना चाहिए। लौटा! और दूसरे मार्ग से सीधा

चलना शुरू किया।

बेहद गर्मी, इधर वर्षों से शहर में रहते-रहते भूमि से सम्पर्क छूट जाने के कारण बुरी तरह थक गया था, लू की थपेड़ों से बचने के लिए सिर को उसने भली-भाँति कोट से लपेट लिया और ऊँची-सी धोती किए अब वह ठीक जाट दिखाई देता था।

उस उबलते सागर से निकलकर, अन्त में तनिक छाया और बस्ती के चिह्न दिखाई पड़े, छोटा-सा गाँव था, खेलते हुए देहाती लड़कों से पूछने पर पता चला कि वास्तविक गाँव जहाँ उसे भात में सम्मिलित होना है यहाँ से अब सीधा दो कोस है। किन्तु अब तो बिना खाये-पिये और विश्राम किये, आगे चलने की तनिक भी हिम्मत उसमें न थी—कण्ठ सूखा जा रहा था, देह झूल रही थी।

लड़कों में से एक से उसने छाछवाला घर पूछा। बड़े-बड़े सभ्य नगरों में जहाँ ऐसे पानी माँगना भी सलीके से बाहर है, वहाँ इस घोर अकाल के जमाने में भी इधर देहातों में भैंस वाला घर छाछ के लिए अवश्य खुला होगा, ऐसा उसका अनुमान था। लड़के ने उँगली से जमींदार के बड़े घर की ओर संकेत किया।

कुछ व्यक्ति वहाँ ड्योढ़ी में गहरी नींद सो रहे थे—दोपहरी में उनकी नींद भंग करना उसे जँचा नहीं, पुनः सहायता चाही।

इस बार लड़के ने कोने में कच्चे घर की ओर इशारा किया—जहाँ बिना झिझके वह ड्योढ़ी के अन्दर चला गया। शहरी घरों की अपेक्षा, ग्रामीण घरों में जाते हुए उसे कुछ संकोच नहीं होता, ऐसा लगता है मानो वहाँ के नियम, कायदे, वेशभूषा, उसके अपने ही खून से बने हों। डर था तो उसे सिर के बालों का जिसे उसने सावधानी से छिपा रखा था।

ड्योढ़ी से झाँकने पर लगा, चारों ओर की अनन्त निस्तब्धता मानो यहीं घनघोर रात्रि-सी आ केन्द्रित हुई है और ठीक मध्य में धूप एक बड़े अंगारे-सी चमक रही है।

वहीं दालान में एक ओर वस्त्र जोड़-जाड़ कर बना पालना लटक रहा है। समीप ही मोढ़े पर एकदम मुँह-सिर-ढके एक बुत-सा है जिसके मेहँदी भरे हाथों और लम्बी पतली श्वेत उँगलियों में सोने-चाँदी के जेवर और झुलाने की रस्सी है।

उस समय एक क्षण रुकना भी दुश्वार था—सीत मिलेगा?...

सीत चाहिए।...

कुछ उत्तर नहीं, मूक दीवारें ही मानो प्रतिध्वनि कर रही हों।

सीत नहीं, तो पानी ही पिला दो, बहुत प्यासा हूँ—हाँफते स्वर में उसने कहा।

अब बुत हिला, हिमाचल में ऐसी चेतना जो मानो पहले किसी भय से रुकी थी और अब चिन्ता न कर तनककर उठ खड़ी हुई हो।

बुत के उठ जाने पर प्रतीत हुआ दालान के दूसरे कोने में एक और ठोस पत्थर का-सा बुत, उपलों की अँगीठी के आगे किन्तु उघड़े मुख स्थित है जिसकी दोनों आँखें झपकती ही नहीं, सीधी गड़ी-सी हैं।

स्वयं ही वह दहलीज पर बैठ गया।

युवती, नहीं बुत क्योंकि अब भी वह उसी प्रकार लाल छपी ओढ़नी, भारी भरकम लहँगे आदि के आवरण में सिर से पैर तक ढके, मन्द-मन्द गति से आ रहा था।

छाछ का बड़ा-सा गिलास बुत के हाथों से पकड़ते हुए एक अद्भुत झोंका उसे स्पर्श कर गया। अनुमान हुआ, लगभग बाईस से अधिक नहीं, सुकुमार है—आलोक अन्दर ही अन्दर से, हाथ-पैरों की संगीतमयी गति द्वारा, कलकल छलछल झरने-सा झर रहा है, गिलास पकड़ाते वक्त जाने कैसे ठिठक गयी।

ओह, तुम क्या छाछ देने लायक थे और वह मधुर कंठ रातरानी की सुवास-सा उस भरे सन्नाटे में महक उठा। शायद बुत ने झुकते समय उसके कटे बालों और छिपाये कालर को देख लिया था।

तुम क्या छाछ देने योग्य थे। आश्चर्य भरा स्वर पुनः निर्गत हो उठा।

देहातों में छाछ से साधारण राहगीरों और दूध से भद्र पुरुषों का स्वागत किया जाता है।

कौन हो?

जाट! आगे गाँव में बहन व्याही थी, उनकी सौतेली लड़की की शादी में भात के लिए निमन्त्रित होकर जा रहा हूँ। थोड़ी छाछ और—

छाछ कटोरे में भरकर उसी छम-छम गति से लायी गयी और गाढ़ी प्रतीत होने पर पुनः पानी की आवश्यकता हुई। इस प्रकार आना-जाना उस वातावरण में सुहाने लगा।

पानी लाकर उसने पुनरावृत्ति की—अरे, तुम छाछ के योग्य थे? ठहरो-ठहरो, दूध लाती हूँ।

कैसी सहृदयता! कैसा शीतल स्पर्श था! और उसने तो केवल छाछ माँगी थी।

अकस्मात् कह उठा—नहीं! नहीं! भूख-प्यास के मारे बुरा हाल था तभी चला आया।

किन्तु भूख का नाम सुनते ही उधर आग्रह वेग से छलक पड़ा।

खाना खाये बिना जाओगे? नहीं, नहीं! ऐसा हर्गिज नहीं हो सकता।—अनेक विरोध करने पर भी वहाँ सुनवाई न थी। द्रुतगति से परात, आटा, घी का आयोजन होने लगा।

अच्छा जो घर में बना रखा हो, वही दे दो।

घर में तुम्हारे योग्य कुछ भी नहीं।

उसका एक लड़का (दूसरे बुत अर्थात् बुढ़िया की ओर संकेत करते हुए) तो गया है भात में जीमने और उसका भाई है खेत में, सो कुछ बना वना नहीं।

मिस्सी रोटी तो होगी, वही लाओ और थोड़ा छाछ।

पल भर में काँसे की थाली में रोटी, मक्खन, छाछ, उसके आगे रख बुत पुनः पीढ़े पर बैठ पालना झुलाने लगा।

आगे क्या करना चाहिए? रोटी, पानी, सत्कार के अतिरिक्त दोनों हाथ लेकर जो वहन किया है! ऐसी कृतज्ञता किन शब्दों में व्यक्त हो सकती है, सूझ न पड़ा, रुक गया।

तुम्हारे अपने गाँव का नाम क्या है? अमुक।

ओह, वह तो! अरे मैं भी तो वास्तव में उसी गाँव का रहनेवाला हूँ। उसके इतना कहने पर बुत भीतर ही पुलक भर उठा है—एक लहर-सी दौड़ गयी है, उससे छिपा नहीं रहा।

चाँदी का एक रुपया जो भाग्य से उसकी जेब में था, निकालकर आगे किया। तुम मेरी बहन हो! उसी गाँव की हो। बहन के घर का मैंने खाया है, इसी से।

नहीं! नहीं सो नहीं।

और तब बुत ने दूसरे बुत की ओर जो कोने में इतनी देर से वैसा ही बैठा था, ग्रीवा घुमाकर मानो अनुमति चाही, किन्तु उस दृष्टि में तनिक भी झपक नहीं, प्रत्युत रौद्रता और भी अधिक चिनगारी-सी चमक उठी।

प्रतीक्षा न कर रुपया धीरे से उन चरणों के आगे सरका, वह जल्दी से बाहर निकल आया और चल दिया।

अगले गाँव के विषय में जो यद्यपि एक दिन पूर्व उसकी सीधी-खिंची जीवन-रेखा में हिलोर बनकर आ गया था और जिसके लिए वह अपने अनेक आवश्यक कार्य तक स्थगित कर कड़ी धूप में भटकता आ रहा

था—विशेष कौतूहल नहीं रहा—हालाँकि सम्बन्धी स्त्रियों ने देहाती प्रथा के अनुसार भाई के आने की आरती उतारी, टीका आदि किया, पुरुषों ने अत्यधिक सम्मान औरं स्टेशन पर सवारी न भेज सकने के लिए बार-बार क्षमा चाही। किन्तु उसने जैसे, राह में कोई जादू भरा प्राचीन खँडहर देखा हो, अथवा निरन्तर वर्षा के बाद सुनहला निखरता दिन।

रात भर सोते हुए भी बार-बार वही पगध्वनि, वही मृदुल स्वर, उसी वातावरण की स्पर्श, सौरभ।

माँ को उसने देखा नहीं, बहन भी जिसके लिए पास की प्रेरणा नहीं दूर की संज्ञा रही।

छात्रालयों के रूखेसूखे वातावरण में वह पला है, उत्तरोत्तर परीक्षाओं की सफलता, पुस्तकों के ढेर, उपाधियों एवं सम्मान की ऊपरी पक्की इमारत के मध्य में भी कहीं एक छेद रह गया है जो आज सहसा चलते-चलते, एक अपरिचित, अवगुण्ठित हाथों से इतना सौजन्य, ऐसा आग्रह पा, स्पष्ट होकर दिखाई देने लगा, उसके आगे वह दिन भी अनायास ही झलक उठा, जब वह बहुत छोटा था, और वृद्धा नानी के मरने की खबर पा, घर जाने के लिए रो-रोकर, तड़प उठा था।

इसी से दूसरे दिन, वक्त पर स्टेशन पहुँचने के लिए जब वह घोड़ी पर सवार हुआ, तो यों ही निष्प्रयोजन पुनः सीधे उसी द्वार पर आ सका।

उतरकर अन्दर चला गया। दिन का तीसरा प्रहर था, किन्तु वैसी ही निस्तब्धता छायी थी और ठीक वहीं दालान में पीढ़े पर सिर से पैर तक ढके, बुत पालना झुला रहा था।

दूसरे बुत, अर्थात् बुढ़िया या अन्य किसी की परछाईं भी नहीं है, यह जान साहस कर आगे बढ़ा।

किन्तु कहे तो क्या? इस देहाती के आगे वह किस भाषा में, कैसे और क्या निवेदन करे?

देखो, मैं तुम्हारे गाँव का हूँ। भाई हूँ। कल तुमने रुपया क्यों लौटाना चाहा...और तो कुछ नहीं, इससे मुझे दुख हुआ।—और जाने कैसे कहते-कहते उसके स्वर में ऐसे अपनत्व की धारा-सी उमड़ आयी जो क्षण भर अचल रहने के बाद बुत जलती मोमबत्ती की भाँति छलक पड़ा। पहले विस्फोट की बाँध तोड़-कर, पुनः ऐसी छमाछम वर्षा जिनमें स्वर नहीं, गरज भी नहीं।

अजीब समस्या है, वह स्पर्श भी नहीं कर सकता, मुख कैसा है? वर्ण कैसा है? किस गहन दुःखित तरुण अन्तराल से वाष्पधाराएँ

कहाँ-कहाँ जल में परिणत हो ढुलक रही हैं, झाँक नहीं पाता। और समीप खड़े होने पर भी पोंछ नहीं सकता।

स्वयं ही झर-झरकर जब वेग शान्त हुआ, वातावरण में गम्भीरता छा गयी तो कहा, ऐसे नहीं, रोने से मुझे दुःख होता है।

निश्चय ही तरुण हृदय से एकाएक फूटा क्रन्दन, उसके हृदय को बुरी तरह चीरने लगा था। घूँघट के भीतर से मुँह पोंछ, अनेक बार बुझी-जगी जीवनी को शब्दों में बाँधने का यों प्रयास किया गया।

गौना होने से पूर्व वह सौभाग्य खो बैठी थी, पुनः छोटे देवर के साथ सुहाग रचाया गया। छह मास बाद उसने भी बड़े भाई का अनुगमन किया, अब छोटा कुल नौ साल का था जिससे कानूनन विवाह न हो सकता था।

तब कुल एवं जायदाद के प्रश्न के कारण तीसरी बार चचेरे भाई को ले सुहागिन हुई, परन्तु वहाँ भी किसी कारण से सन्देह होने पर निकाल दी गयी। वहाँ से भाई भावज के पास आयी। तो भी...अब इस घर में विधुर के साथ बैठ गयी। पालने वाला बच्चा विधुर की प्रथम सन्तान है, बुढ़िया विधुर की मौसी है।

पर वह हतभागिनी जो है—सात आवरणों से ढँकी होने पर भी जाने क्यों अपने हाथों ही अनिष्ट कर बैठती है। कहीं भी समाई नहीं।

छमाछम छमाछम!

देहातों में ऐसा कथाएँ अनोखी और अनहोनी नहीं। और न शहरवालों के लिए ही करुणात्मक रही हैं। तो भी वह थर-थर काँप उठा, उसी प्रकार जैसे एक दिन शीतकालीन धूप में प्रातः सैर को जाते हुए बाग की पुरानी दीवार में से उठकर जब सहसा एक श्वेत सुन्दर बालों वाला कोमल छोटा-सा पिल्ला, ऐन सामने आ खड़ा हुआ था। उस निरीह प्राणी की आँखों में आँसू थे और एक टूटा पंजा, जो किसी आकस्मिक दुर्घटना से कट गया था, ऊपर किये था। मानो वह मानवी क्रूरता पर बहुत कुछ कहना और हृदय के आघात को दिखलाना चाहता था कि अब वह उछल कूद नहीं सकता, छलाँगें नहीं लगा सकता, तब उसने उसे स्नेह से थपथपा दिया था।

पर वह सामने क्या देख रहा है, ढुलकता मिट्टी का ढेला, हाड़-मांस, सोने-चाँदी से ढका बुत, अथवा शीतकालीन प्रशस्त आकाश की प्रथम किरण, जो कल अनायास ही उनके नीरव मन पर उदित हुई थी।

बच्चा उसका नहीं, घर नहीं, कुछ भी नहीं, शादी पक्की नहीं। सोचते-सोचते न जाने कब तक खड़ा रहा।

धूप ढलकर बाहर छतों पर जा पहुँची थी। लोगों के खलिहान से लौटने का समय हो गया था। अधिक देर तक इस प्रकार उसके वहाँ ठहरने में और भी आफत आने की आशंका थी।

इधर सायंकाल की मन्थर पदचाप का आभास पा, बुत भी पुनः मेघाछन्न आकाश में उद्भ्रान्त पक्षी-सा घर के कामकाज के निमित्त हिला। इस प्रकार एकाएक राह चलते पथिक के आगे अपने को उघाड़ देने के कारण अब वह अत्यन्त संकोच से सिमट रहा था। किसी की उपस्थिति भी उसे अखर रही थी और वह अब अकेले, नितान्त अकेले में रहना चाहता था। रुपया उसे लौटा दिया और जाती बार केवल खलिहान वाले पथ की ओर संकेत किया।

दर्शनशास्त्र के प्रोफेसर रमेशचन्द्र के स्वभाव में विचित्र अन्तर आ जाने की, इस सप्ताह कालेज में विशेष चर्चा रही। क्लास लेते वक्त वे प्रायः अब उत्तेजित भी नहीं होते—और न छात्राओं के सामने से निकलते हुए उन्हें उपेक्षा की दृष्टि से ही देखते हैं।

फुरसत के समय गपशप, चाय-कॉफी के मध्य में जब कभी बच्चों की भाँति ही उल्लसित हो वे भी कभी कुछ सुनाने लगते हैं पर जाने क्यों व्यक्त नहीं कर पाते, एकाएक उनकी मुद्रा गम्भीर हो जाती है और दूर कहीं देखते हुए वे उठ जाते हैं।

वास्तव में यह महान् विश्व अति सूक्ष्म तन्तुओं से निर्मित ऐसा विचित्र यन्त्र है जिसके बिखरे छिन्न-भिन्न तार न जाने कैसे, कभी अनायास ही हवा के झोंकों से मिलकर सरकंडों, से बज उठते हैं। कोई नहीं जानता, ग्रह-उपग्रहों की भाँति घूमते- घूमते ऐसे ही दो झंकृत क्षण प्रोफेसर साहब के जीवन में भी आये हैं—पर कितने उलझे हुए, कैसे बोझिल।

(नयी दिल्ली, 1944)

नूरी

जाते-जाते मेरे कदम रुक जाते हैं।

बरबस नीचे उतर पड़ती हूँ, वहीं स्थू[1] के नीचे बेंत वृक्षों के झुरमुट में से होकर, जहाँ आज मक्का के हरियाले खेत, ओस बिन्दुओं से भरकर मुक्ता से जड़ित, जगमगा रहे हैं। इन ऊँची-ऊँची मक्का की भीतों से उस पार का समूचा सुनहला दृश्य ढक गया है, कुछ भी दिखाई नहीं पड़ता।

सफेदे, चिनार के वृक्षों से आच्छादित, पर्वतों की ढलान पर बनी कोठियाँ। घिरा-घिरा नदी का बाँध। ....और इस श्यामल भूभाग के दोनों ओर, वितस्ता की मन्थर गति।

× × ×

इधर अब वह चहल पहल नहीं रही--गुलाब की झाड़ियाँ, मरुए की डालियाँ, सूख-कर झर रही हैं, उनके स्थान पर स्थल पद्म, और सूर्यमुखी बाहर लाये हैं। गेहूँ के खेतों में जंगली पोस्त जाने कहाँ विलीन हो गये, स्थू के इस ओर के भाग में अब कच्ची हरी धान फूट रही है। किन्तु मेरे मानसिक नेत्रों के सामने आज भी वह चित्र सजीव खड़ा है। वह पतली मधुर आवाज। जो आज एक गुंजन मात्र रह गयी है। ...और वही मानो स्थू से नीचे उतरने को विवश कर देती है।

'कबरसमंज'... बस इतना कहकर वह अपना नन्हा हृदय इस खेत में बिखेर गयी हो।

खेत अभी बोये नहीं गये थे। कहीं-कहीं हल उठाये बाँध से इस ओर आते हुए किसान दीख पड़ते थे। हाँ, गिलास, स्ट्राबेरी के खेतों में उल्लास फूटा पड़ता था, जंगली गुलाब की बेलें सफेदे के नवपल्लवों से लिपटी पड़ती थीं। गेहूँ के गहरे हरे खेतों में जंगली पोस्ते दूर-दूर तक लाल मणियों-से, झिलमिला रहे थे। और मैं मानो नशे में, मच पवन के

1. स्थू (नदी का तट)।

सहारे पंख फैलाये पक्षी के समान उड़ती जा रही थी। मेरी आत्मा मानो एकाकार हो रही थी उन सामने की बर्फीली चोटियों के साथ। नव-वसन्त में निखरी निस्तेज किरणों के साथ, उल्लसित हो स्पर्श करती थी, कभी उन धवल शिखरों पर छायी अमर-शान्ति को, कभी नीचे प्रभात रश्मियों द्वारा चुम्बित सजला भूमि को।

तब पवन में उष्णता न थी, उसके नन्हे, पतले, काँपते हाथ चुपचाप गोबर समेट रहे थे। झुकी हुई ग्रीवा से केश राशियाँ दोनों ओर पृथ्वी तक झुक आयी थीं। लाल टोपी और मलिन 'फिरन'[1] में भी वह सात-आठ वर्ष की बच्ची कितनी मधुर और कितनी आकर्षक प्रतीत हो रही थी।

पहाड़ी प्रदेश। चैत मास का प्रभात। हरियाली, नदी का दूर तक गया बाँध। बार-बार मेरे प्यासे नेत्र क्षितिज में घूमकर चारों ओर उपत्यका-से होते हुए, उसी काव्य प्रतिमा पर आ टिकते। और वह बिना कुछ कहे गोबर समेटना छोड़ मेरे साथ ही उत्सुकता से ऊपर निहारने लगती मानो घड़ी-घड़ी ऊपर अनन्त की ओर देखने का अभिप्राय पूछ रही हो। स्वयं ही मैं झेंप गयी। कहा–

"च्योन नाम क्य छु?"

(तुम्हारा नाम क्या है?)

"मोज कुत छु घार कुत छु?"

(माँ कहाँ है? घर कहाँ है?)

जाने कितने प्रश्न एक साथ कर दिये।

कुछ क्षण चुप रहकर बालिका बोली। नूरी! नूरी! ओ कुन! ओ कुन! थाकान! बाब छुस न, मोज छुस न। स छुस, सछुस बेचारा कबरसमंज।

(नूरी! नूरी! वह देखो! वह देखे! वहाँ। बाप नहीं, माँ नहीं है, वे, वे तो बेचारे कब्र में पड़े हैं।)

तब मैंने उसके संकेत द्वारा ढलान के एक ओर नदी के इस पार ही मजारपोशों से घिरी कब्रों की ओर देखा। मेरे झूमते प्राण निरुत्तर हो रहे। मैं उसे क्या सान्त्वना देती? शीतल पवन से लाल हुए नूरी के दोनों कपोलों पर अपना हाथ रखकर शीघ्रता से लौट आयी।

गिरिश्रृंगों पर बादल घने हो आये थे। यद्यपि उनमें एक ओर से

फिरन (कश्मीरी चोगा)।

रजत आलोक फूट रहा था। नदी का जल सहस्र-गुना शोभित एवं तरंगित हो उठा, फूल पत्तों पर श्यामता अधिक सौन्दर्य छिटकाने लगी। सम्पूर्ण घाटी मानो नृत्यमयी हो उठी हो। किन्तु बार-बार नूरी के, कबरसमंज! कबरसमंज, इन दो शब्दों में इस विराट् विश्व में छिपी वेदना मेरे अन्तर में सिसक रही थी।

(श्रीनगर, 1943)

यात्रा में

गाड़ी छूटते ही मानो बौछार-सी पड़ी। "कहाँ की नवाब हैं? बिस्तर उठाकर नीचे फेंक दो।"

निस्सन्देह यह सरासर अन्याय था, उनके महकते खरबूजों के दो टोकरों पर कुली बड़े-बड़े तीन बिस्तर पटककर चला गया था, गाड़ी तुरन्त चल पड़ी थी और दरवाजा खुला ही रह गया था, जिसके पास खादी की साड़ी पहने एक स्त्री और उसका छोटा लड़का खड़े थे।

बिस्तरों को खींच-खाँच कर आगे सरकाने तक का भी उसे अवसर न दे, उनका चिल्लाना जारी था, साथ में एक युवा लड़की, सम्भवतः उन बेगम साहिबा की नौकरानी,—अपनी आका के स्वर में स्वर मिलाकर गरजी—"हाँ देखो तो।"

किन्तु उनके गरजने-बौखलाने के बावजूद वह नयी यात्रिणी मानो एकटक-सी उन बेगम साहिबा की चाल-ढाल एवं वेश-भूषा की ओर आकर्षित हो रही थी।

बृहत्-भाल, लम्बी पतली नाक, शुभ्र ग्रीवा पर लटकते कर्ण-फूल—चिकन के बारीक कुर्त्ते, रेशमी सलवार और पतले महीन दुपट्टे से ढकी कमनीय छवि। नाजुक श्वेत कलाइयों में बेला के गजरे, मेहँदी भरे हाथ और पास ही मुँह-हाथ धोने का भभका, तथा खिदमत के लिए साँवले रंग की, शोख आँखोंवाली बाँदी। मुगलवंश के यह सब मानो कलापूर्ण अवशेष हों। 'ऐसी सुन्दर झाँकियाँ कभी-कभी बाहर निकल कर ही देखने को मिलती हैं।' कौतूहलपूर्वक कुछ स्थिर रहने के उपरान्त वह गर्जन उसे असह्य हो उठा। और आखीर उन्हें परास्त करने की एक युक्ति अनायास ही उसके मुँह से निकल पड़ी।

"अजी तभी तो हम लोगों को स्वतन्त्रता प्राप्त नहीं होती। हम एक-दूसरे की सहूलियत को नहीं देखते, कठिनाई को समझने की कोशिश नहीं करते। गाड़ी चलने में केवल दो मिनट शेष थे, कुली जल्दी

में बिस्तर पटक गया, तो क्या करती? दूसरा देश होता तो ऐसा कभी न होता। लेकिन इसका अभिप्राय यह तो नहीं कि आप मेरा सामान पटक दें, और देखिए तो दरवाजा खुला पड़ा है, आपकी मरजी है मेरा बच्चा बाहर गिर पड़े।" कहते-कहते उसका स्वर भारी हो उठा।

"न ना, खुदा करे ऐसा कभी न हो। बच्चा जैसा आपका, वैसा हमारा। आजा भैया, इधर को।"

तीर निशाने पर बैठा, और युवती पर तो तकरीर पुरअसर ही साबित हुई। वह उसकी खादी की साड़ी की ओर आँखें गड़ाकर बोली—

"जी हाँ, दरअसल हमें भी टोकरे, स्टेशन आने से पहले नीचे नहीं उतारने चाहिए थे।"

नयी दिल्ली से पुरानी दिल्ली का अन्तर ही कितना है? स्टेशन आ गया और इन चन्द मिनटों ही में उन्होंने परस्पर घनिष्ठ मित्रता स्थापित कर सलाम-दुआपूर्वक विदा ली।

अब इस नयी यात्रिणी की बारी थी, पुरानी दिल्ली, स्टेशन पर उसे कई बन्धु मिलने आये थे, गाड़ी में शीघ्रता से बैठकर उन्होंने जगह घेर ली, ताकि पूरी सीटें मिल सकें। पहली सीट पर उसकी अन्य दो साथिनों के लिए, जो उसके साथ ही पहाड़ जा रही थीं, बिस्तर बिछा दिया गया। सामने की सीट पर जहाँ से अभी-अभी वह बेगम साहिबा उठी थीं, छोटे लड़के को आराम से सुला दिया गया और बीच में आधी सीट पर लड़की को लिटा उसने स्वयं भी टाँगें पसारीं।

यद्यपि उसका अन्तर उसे इस स्वार्थ पर झकझोर रहा था। किन्तु जैसे उसने, निश्चय कर लिया हो, कि यात्रा करते समय व्यर्थ भावुकता में बहकर हर जगह हर बार जगह दे देना अपनी कमजोरी सिद्ध करना है। अभी पिछले दिनों का एक सफल प्रयोग उसे अच्छी तरह याद था, जब वह देहरादून एक्सप्रेस से आ रही थी। देहरादून से हरिद्वार तक मजे से सोती रही पर हरिद्वार पर एकदम भीड़ आ गयी। डिब्बा भर गया। बहुत-सी आवाजें आती रहीं 'इसे जगा दो, यह आराम से क्यों सो रही है?' किन्तु तब भी कतई परवाह न की थी। आँखें मूँदकर मस्त पड़ी रहीं। थोड़ी देर बाद देखा वातावरण शान्त हो गया और लड़ाई झगड़े का स्थान स्वतः ही दुख-सुखों ने ले लिया है सो आज भी उसने यही ढंग अख्तियार किया बल्कि आने वाली स्त्रियों से उसने भी ऊँचे स्वर में कह दिया, "हम लोग आराम की खातिर ही तो नयी दिल्ली से सवार हुए हैं। आप लोग भी यदि पहले आतीं तो हमारी तरह आराम से सो सकती थीं।"

उनमें से खड़ी कई स्त्रियों में से किसी ने नीचे पड़े बिस्तर पर और किसी ने बौखलाकर सीट पर स्थान बना ही लिया; किन्तु दरवाजे के पास उसी स्थान पर जहाँ, अभी कुछ देर पहले खद्दर वेशधारिणी स्त्री का लड़का खड़ा था, तीन बच्चों से घिरी एक और स्त्री चुपचाप खड़ी थी।

सुन्दर गौर वर्ण, निकर कमीजें पहने सम्भवतः आठ-दस वर्ष की वयस के दो लड़के, और गोद में तीन-चार वर्ष की छोटी-सी बच्ची।

दोनों लड़कों के चेहरे कुछ जर्द-से आकर्षण हीन, और उन पर उषा की-सी वह निखरी रंगत न थी जो प्रायः स्वस्थ्य बच्चों को देखते ही खींच लेती है।

मनुष्य कितना ही कठोर क्यों न हो जाय, इस छिछले जीवन-व्यापार तले गहन अन्तर में जो एक स्निग्ध शीतलधारा सदैव उसके कल्मष धोने के लिए उमड़ती रहती है, शायद उसी प्रेरणा से किन्तु फिर भी जैसे दया का भाव दिखलाते हुए, दो एक स्टेशन बाद, जरा-सा सीट से हटकर उसी खद्दर-वेश-धारिणी स्त्री ने कहा–

"आप एक बच्चे को तो यहाँ बैठा सकती हैं।" उसका अनुकरण करते हुए साथ वाली एक स्त्री ने भी अपना कुछ सामान हटाते हुए कहा–"और दूसरे बच्चे को यहाँ बैठा दीजिए!"

मानव-जीवन में प्रतिपल तेजी से गुजरते अनेक भावों की तरह, नदी कगार, टीले, गाँव और खेतों को पार करती हुई गाड़ी तेज जा रही थी। ऐसे समय में यात्री बहुधा घर-बाहर सब कुछ भूल जाता है। मानो तेजी से भागते हुए यह क्षण ही जीवन के सत्य स्वरूप का विश्लेषण हो; किन्तु उस समय बाहर-भीतर का सब कुछ जैसे अपने बच्चे की अस्वस्थता ही में आ केन्द्रित हुआ हो। कुछ देर बाद वही खादी-वेशधारिणी स्त्री अपने लड़के पर चादर ओढ़ाते हुए कुछ चिन्ताजनक स्वर में बोली–"देखिए बच्चे को कई दिनों से बुखार आता रहा है। नकसीर फूटी है इसीलिए पहाड़ पर जा रही हूँ।"

दोनों सीटों के मध्य में ठूँसे हुए सामान पर इतने में उस नयी स्त्री ने तनिक जगह बना ली थी।

"ठीक है जी। किन्तु मेरे बच्चों का हाल सुनें तो!" उसने पहली स्त्री के साथ सहानुभूति प्रकट करते हुए कहा।

पहली स्त्री को बहुत बुरा लगा–"इन औरतों की प्रकृति ही ऐसी होती है, अपने दुख के सामने, इनको दूसरे का दुख कुछ मालूम नहीं होता।" पुनः उसकी आँखों के आगे अपने बच्चे के मुँह-नाक से फूटी

रक्त की बूँदें घूम गयीं और उसका दुर्बल चेहरा, जिसमें मानो उसके प्राण समाये हों।

उसे चुप देख वह नयी स्त्री विनम्र हो, बोली—बड़ी कृपा है जो आपने जगह दे दी है, मेरे बच्चे तो खड़े भी कठिनता से हो सकते हैं।

पहली स्त्री ने दृष्टि उन निद्राग्रस्त बच्चों पर डाली। डील-डौल, सुन्दर गठन किन्तु कुछ अस्वाभाविक छाया-सी। 'प्रत्येक माँ न जाने अपने बच्चे को क्या समझती हैं?' तो भी मन में यह सोचकर भी उसके प्रति निस्पृह-सी हो रही।

उधर वह स्त्री उसी प्रकार तीनक भरे स्वर में कहे जा रही थी—इन दोनों को टाइफायड हो गया था, जिससे इनके दिमाग में कुछ गड़बड़ हो गयी है और टाँगे भी ठीक काम नहीं करतीं।

पहली स्त्री चौंक पड़ी। वह अब समझी, विशेषतया बड़े बच्चे में जो लगभग दस-ग्यारह वर्ष का होगा। क्यों कुछ अस्वाभाविक एवं विकृत-सा है, प्रकट में उसने पूछा—

"आप रहती कहाँ हैं? (किन्तु जी में जैसे कोस रही थी, कि बीमार की ठीक देखभाल न कर सकने का ही यह परिणाम है।)"

'दर्य्यागंज।'

"बच्चों के पिता क्या काम करते हैं?"

बाहर घने अँधियारे क्षितिज में कभी कुछ तारे झिलमिला उठते। कभी कोई नदी बिजली-सी चमक-कर निकल जाती। छोटे-छोटे स्टेशनों के आस-पास धीमी रोशनी में झाड़ी बूटिएँ मानो सिर झुकाये मौन निश्वास छोड़ते दीख जातीं। कुछ देर बाहर अन्धकार में स्थिर भाव से देखते हुए उसने उत्तर दिया—"वे—वे यहाँ नहीं हैं, बहुत दूर हैं?"

"कहाँ" पहली स्त्री को मानो उस मानव जीवन में रस आने लगा था।

"वे मलाया में हैं, डाकखाने के काम से गये हैं।"

"कितनी देर हुई गये?"

"आठ मास हो गये।"

"तो आप दिल्ली किसके पास रहती हैं? खर्च कहाँ से आता है?"

"खर्च...हाँ, आ ही जाता है और साथ यही बच्चे हैं...रिश्ते में केवल एक भाई है अब उसी के पास जा रही हूँ..."

"कोई खबर आती होगी?"

"पिछले तीन महीनों से कोई चिट्ठी नहीं आयी। पहले एक पत्र आया था कि वे अस्पताल में लगातार बहुत दिनों के लिए पड़े रहे...

और वहाँ एक बीमारी फैल गयी थी ...वे लोग वहाँ कैम्पों में रहते हैं।"

× × ×

वह सुन्दर युवती न थी, और न ही कोई ऐसी कलापूर्ण छवि जो अकस्मात् मानस पटल पर अंकित हो जाये ...किन्तु उन छोटी-छोटी आँखों और चिन्तायुक्त गेहुएँ रंग के गम्भीर चेहरे के पर्दे के पीछे से उन नेत्रों द्वारा जो भाव रह-रहकर दूर अन्धकार में प्रकाश की तेज धारा-सा फैल रहा था, उसमें पहली स्त्री की कल्पना भी अनेक वन-वीहड़ों तथा उछलते समुद्र के पार सैकड़ों मीलों की दूरी पर, नारियल के पेड़ों तले, एक रोगी की खाट तक पहुँच गयी। तो भी दूसरे के जीवन को इतनी घनिष्ठता से तो स्पर्श नहीं किया जा सकता? इस तरह यात्रा में कितने जीवन आते और चले जाते हैं। किस-किस को देखा जाय? यह सोच वह खद्दर वेशधारिणी स्त्री बाहर शून्य में गाड़ी की गति को ध्यानपूर्वक सुनने लगी।

और इतने समय में अन्य कितने ही चित्र निकल गये।

वे रंगरूटों से भरी गाड़ियाँ, उनका मतवालापन—बेहूदा मजाक। और एक स्टेशन पर घर बाहर का उजड़ा सामान लिये नंगे-उघाड़े छोटे-छोटे बच्चों को उँगली से लगाये वे ऊँची-ऊँची सलवारें पहनें, आधे घूँघटों में मुँह छिपाये सैनिकों की पत्नियाँ...

न जाने कितना समय बीत गया, गाड़ी के सभी व्यक्ति सो गये थे, घोर सन्नाटा सा था।

दुःख की छाया किसी जल स्रोत पर छाये कुहरे के समान प्राणी के चारों ओर उसास-सी बन मँडराया करती है। बच्ची अभी तक उसकी गोद में थी, दोनों माँ-बेटी अत्यन्त स्वाभाविक भक्ति-पूर्ण ढंग से तालियाँ बजातीं, एक साथ मस्तक नीचे झुकातीं, कभी जय-जय शब्द धीरे-धीरे बोलतीं और एक दूसरी की ओर देखते एकदम निस्तब्ध हो जातीं। वह अबोध बच्ची मानो माँ के हृदय में छिपे गहन विरह को, पूरी तरह समझ लेती थी। उस अधेड़ नारी और उस दो वर्ष की बालिका की वयस का व्यवधान मिटकर उस समय मानो एक ही बिन्दु पर आ केन्द्रित हुआ था।

माँ-बेटी दोनों के बड़े-छोटे हाथों द्वारा मिलकर निकले तालियों के स्वर, उन दोनों की मुद्रा, भंगिमा से साफ-साफ प्रकट होता था, जैसे ऐसी क्रिया करने का उनका प्रतिदिन का नियम हो।

पहली स्त्री जाग गयी थी, किन्तु जान-बूझकर नेत्र मूँदे निश्चल-सी पड़ी रही "कहीं वे दोनों अपना करुण-मधुर विनोद बन्द न कर दें।"

आँखें बन्द होने पर भी उसके सामने झलक जाती थी, कभी बाहर

की तारों भरी झलमलाती रात। और कभी भीतर वह दोनों पागल बच्चे। और उन दोनों, माँ-बेटी के हृदय से निकली, दूर समुद्र पार एक रुग्ण परदेशी की शैया से जुड़ी तार जिसमें पिरोई वेदना कुम्हलाए कुसुमों-सी झर-झर पड़ती थी।

गहन विषाद के घने बादल जो उस अभागे परिवार पर अनायास ही घिर आये हैं, एक सुनसान, भयानक अँधेरी निशा की भाँति उसके हृदय को बेंध गये—ओह! जिस दिन बाप ने इन बच्चों को विलग किया होगा। बच्चों की बीमारी में जब वह असहाय-सी दौड़ी होगी, विनती की होगी और उस नारी-अन्तर की व्यथा मानो भीतर ही भीतर छटपटाकर इस निरीह बच्ची को छाती से चिपटाकर सान्त्वना पाती होगी।

× × ×

यात्रियों ने करवट ली। शायद कोई छोटा स्टेशन था—सामने काले आवरण को भेद निद्रित जग ने उषा के बिखरे रंगों द्वारा पुनः आशा की साँस ली। उसी डिब्बे में एक कोनेवाली सीट पर वे दो स्त्रियाँ उसी रात जालन्धर स्टेशन पर जिनकी लड़ाई केवल बच्चे की दूध पीने वाली लुटिया के कारण सीमा तक पहुँच गयी थी—इस समय प्रभात के पुण्य आलोक में जीवन के गहनतम दुःख-सुखों का ब्यौरा खोले, हौले-हौले बातें करने लगीं। मानो भिन्न-भिन्न मार्गों के दो पथिक एक निश्चित स्थान पर आ मिले हों।

(नयी दिल्ली, 1942)

माली की लड़की

मास्टर के चले जाने के बाद विजयकुमार उस ऊँचे समतल टीले पर खड़े होकर दोनों हाथों से इस जोर की ताली पीटते कि वह सम्पूर्ण पर्वतखण्ड गूँज उठता; और उन तालियों के प्रत्युत्तर में बिक्की, ऊषा, हर्ष आदि का स्वागत-मंडल भी लकड़ी के बने हुए फर्श पर अपने भारी बूटों से धम-धम करते हुए और तड़-तड़ तालियाँ बजाते-बजाते वेगपूर्वक कोठी से बाहर निकल पड़ता। फिर उसी हरे-भरे ढालू स्थान पर सब जने उलझी लता की भाँति एक-दूसरे से लिपट जाते और हः हः की विकट ध्वनि से हँस-हँसकर लोट-पोट होते हुए छलाँगें लगाते नाले तक नीचे पहुँच जाते, और तब न जाने कितने प्रकार की कौतुक-क्रीड़ाएँ उस बर्फीले नाले के किनारे पर पड़ी स्वच्छ ठोस शिलाओं पर किया करते।

शिशु-जगत के इस क्षीण-कोमल मृदुहास में ज्येष्ठ मास की मनोहर प्रकृति मानो और भी मतवाली हो उठती। आकाश तक ऊँचे लम्बे घने वृक्षों में जहाँ तहाँ छिपे हुए सैकड़ों अज्ञात पक्षी अनेक स्वरों में सुरीले गान गा उठते। सामने ही पहाड़ी पर का निरन्तर झर-झर करता हुआ झरना मानो द्विगुणित होकर कल-कल की ध्वनि करने लगता। उन सुरभित फूलों से लदी वनस्थली में इधर-उधर मस्ती से सरसराती हुई शीतल पवन भी इन सबके सुर में सुर मिलाने लगती। कभी-कभी सहसा न जाने किस-किस ओर से श्वेत बादलों के समूह हरे मैदान तक नीचे उतर आते और इन बालकों को आलिंगन करके वापस लौट जाते। उसके बाद सूर्य की हल्की निस्तेज किरणें सघन झाड़ियों में से छन-छनकर नवनीत-से कोमल भोले मुखड़ों को पुनः चूमने लगतीं।

भाई-बहनों के इस अपूर्व आह्लाद और हँसी-खुशी के उमड़ते हुए आनन्द सागर में डुबकियाँ लगाने के लिए तरसते तो केवल दो सतृष्ण नेत्र--दो अतृप्त आँखें। वे आँखें थीं इस कोठी के चौकीदार की एकमात्र अष्टवर्षीया कन्या मुक्ता की। प्रतिदिन दोपहरी के समय उसका पिता

पीछे के घने जंगल में लकड़ी काटने के लिए चला जाता और मुक्ता को नीचे के मैदान में चरवाहों के बालकों के साथ पशुओं की रखवाली के लिए छोड़ जाता। किन्तु वह बेचारी मैली-कुचैली बालिका मैदान से भाग आती और आँखें फाड़-फाड़कर इन साफ-सुथरे शहरी बालकों के असीम प्यार एवं मधुर हास्य के विचित्र कोलाहल को दूर-दूर से ही देखा करती और जैसे उनके खेल-कूद में भाग लेने के लिए उत्कण्ठित हो, कभी दाहिने, कभी बायें और कभी सीधे से आकर उन बालकों के आसपास मँडराया करती। बालकों के इस खेल-कूद से सर्वथा पृथक् रहने पर भी कुछ ही दिनों में वह इनकी चेष्टाओं में इतनी तन्मय हो गयी कि उनकी हँसी के साथ अनायास ही वह मुस्करा देती और उनके लड़ाई-झगड़े में उसकी भी वैसी ही मुद्रा बन जाती।

नियमानुसार ठीक ग्यारह बजे तड़-तड़ करके तालियाँ बज उठीं और धम-धम की आवाज सुनाई दी; किन्तु और दिनों की अपेक्षा आज इस आनन्दोल्लास में सुर-ताल की मात्रा अधिक ऊँची जान पड़ती थी। हू-हू करके चीखते हुए और ढब-ढब करके नाचते हुए ये लोग मानो सुख की नींद सोयी पर्वत श्रेणी को चौंका रहे थे।

अपना दिलचस्प उपन्यास वहीं अँगीठी पर रखते हुए आनन्दकुमारी ने कहा, "भाभीजी, आज तो विजय को जरूर ही कोई नयी चीज मिली है! आइए चलकर देखें!"

"होगा कोई रेबिन का घोंसला या कोई नये रंग की तितली—मास्टर जाता है, तो इनकी बला टलती है!" मृणालिनी ने बुनने की सलाई फिर से आरम्भ करते हुए उत्तर दिया।

"और क्या वह भी दिन-रात आपकी तरह स्वेटर बुना करे?" आनन्दकुमारी ने कहा।

इसी समय बगलवाले कमरे से आवाज आयी, "अजी जिन्दगी का लुफ्त स्वेटर बुनने में नहीं है।"

"नहीं, जिन्दगी का लुफ्त तो बिस्तरे पर लेटकर पुस्तकें पढ़ने में ही है। अच्छे घर से सैर करने निकले हैं।" मृणालिनी ने अपने पति देवकुमार की बात का व्यंग्यपूर्वक उत्तर दिया।

आनन्दकुमारी ने मृणालिनी के गले में पीछे से दोनों हाथ डालते हुए बड़े प्रेम से कहा, "भाभी चलो न!"

रसोइये को शीघ्र भोजन तैयार रखने की आज्ञा देकर ननद-भौजाई ने नाले के पास जाकर देखा कि बच्चों का नाचना-कूदना व्यर्थ नहीं है।

विजय के हाथ में एक दूध-सा सफेद बिल्ली का बच्चा है, और सब लड़के द्रुतगति से बहती हुई उस जल-धार के समीप ही एक झोंपड़ा बनाने की व्यवस्था कर रहे हैं। आश्चर्य की बात तो यह है कि मुक्ता भी बच्चों की इस फौज में शामिल हो गयी है, और विजय एक कमांडर की भाँति उसे हुक्म दे रहा है—जाओ, वह लकड़ी लाओ, वह पत्थर उठा लाओ। और किस फुर्ती से वह फूल-सी बालिका जँगले की टूटी-फूटी तख्तियाँ और सीधे, नुकीले पत्थर एकत्रित कर सामने रखती चली जा रही है! बिल्ली का बच्चा देकर विजय ने हेल-मेल बढ़ा सकने का यह अचूक उपाय मुक्ता ने स्वयं ही ढूँढ़ लिया था। परन्तु आज ऊषा, हर्ष, बिक्की आदि की तो आफत थी, क्योंकि वह मुक्ता के बराबर और वैसी फुर्ती से काम नहीं कर सकते थे।

आनन्दकुमारी ने अच्छा मौका देखकर कहा, "वाह सार्जेण्ट साहेब! आज तो बढ़िया शिकार हाथ लगा है।"

विजय की आनन्द से गहरी पटरी है, और वह सार्जेण्ट के नाम से बहुत चिढ़ता है, इसीलिए विजय कुछ नहीं बोला। केवल हूँ-हूँ करके दाँत कटकटाता रह गया।

2

पहाड़ पर जाने के प्रायः एक मास पूर्व ही देवकुमार ने अपने मित्र मि. कौल को कोठी इत्यादि का प्रबन्ध करने के साथ ही साथ विजय के लिए एक ट्यूटर ढूँढ़ रखने के लिए भी लिख दिया था, ताकि दो-तीन मास की छुट्टियों में बच्चों का समय नष्ट न हो। इसी कारण इस वर्ष परिवार को साथ ले जाकर भी उन्हें किसी प्रकार की दिक्कत नहीं उठानी पड़ी। परिवार में उनके तीन बच्चों और पत्नी के अतिरिक्त उनकी छोटी बहन आनन्दकुमारी भी कालेज की छुट्टियों में साथ हो गयी थी। उनकी बड़ी बहन के दो-तीन बच्चे भी साथ ही थे।

कई प्रकार के जंगली वृक्षों से घिरी हुई वह 97 नं. की कोठी धूप-अगर की सुगन्धित हरी-पीली झाड़ियों से आच्छादित उस विशाल पर्वत की ढाल पर स्थित है। कोठी के चारों ओर बहुत-सी खुली जगह छोड़कर उस असीमित स्थान में लकड़ी के जँगले द्वारा सीमा बाँध दी गयी है। इस जँगले का कच्चा-सा फाटक कोठी से पचास-साठ गज नीचे की ओर एक टेढ़ी-मेढ़ी पगडण्डी के आरम्भ पर बना है। एक के समीप ही नाले का पुल है। कोठी के विस्तृत घेरे में जहाँ फूलों के खेत-से उग आये

हैं, एक ऊँचा समतल स्थान विजयन ने पढ़ने के लिए चुन लिया है।

कच्चे फाटक से कुछ ही दूर पर एक छोटी-सी कोठरी चौकीदार के लिए बनी है। चौकीदार को चौकीदार न कहकर सब लोग माली कहते हैं और मुक्ता को माली की लड़की। माली यहीं नीचे एक पहाड़ी गाँव का रहने वाला है। वर्षों से वह इसी कोठी की चौकीदारी का काम करता आया है। शीतकाल में जब यह विशाल श्वेतखण्ड हिम का श्वेत दुशाला-सा ओढ़कर समाधिस्थ हो गहरे चिन्तन में लीन हो जाता है, तो चौकीदार भी मानो उसकी तपस्या में विघ्न-बाधा न डालने की इच्छा से चुपके से अपने गाँव को चला जाया करता है।

माली का काम दिन में जंगल से लकड़ी काटकर लाना, नाले से पानी भरना और रात को चौकसी करना है; पर जब कभी उसे कमरे साफ करने को कहा जाता है, तो वह बड़े रूखे-से ढंग से बड़बड़ाने लगता है, "हजूर, हमसे इतना काम नहीं होगा।" उसे बच्चों का फूल आदि बिगाड़ना भी पसन्द नहीं है, इसी से देवकुमार को प्रतिदिन उसके विरुद्ध अनेक शिकायतें सुननी पड़ती हैं। किन्तु उसकी लड़की मुक्ता? मुक्ता के चेहरे पर कुछ ही दिन पूर्व असमानता, दीनता और भय की जो छाप सदैव बनी रहती थी, उसे किस विचित्र कौशल द्वारा इस ग्रामीण बालिका ने स्वयं ही दूर कर दिया है, यह देखकर आश्चर्य होने लगता है।

× × ×

विजय के सोकर उठने के पूर्व ही आज माली की लड़की मुँह-हाथ धोकर अपना लम्बा कुर्ता और लाल टोपी पहने निस्संकोच भाव से बरामदे में आ खड़ी हुई। कुछ ही देर के बाद चाय पीने के समय बच्चों ने जब बिस्कुट-मक्खन-टोस्ट के लिए ऊधम मचाया, तो उसने भी अपने पिता को मिट्टी के प्याले में चाय और कुलचा देने को मजबूर कर दिया। दोपहर के समय जब विजय की पार्टी खाने के लिए बैठकर नाना प्रकार के स्वादिष्ट भोजन उदरस्थ करने लगी, तो मुक्ता भी मिट्टी के बड़े बर्तन में बासी भात लेकर एक ऐसी जगह खाने बैठ गयी, जो खाने के कमरे की खिड़की में से साफ-साफ देखी जा सकती थी। बच्चों को छीन-झपटकर भोजन करने में जो अप्रकट प्रेम भरा होता है, मुक्ता का मन भी शायद उचक-उचककर इस लालसा के लिए बेतरह मचल उठा; किन्तु जहाँ तक पँहुचने की वह अधिकारिणी नहीं है, वहाँ तक पहुँचने का प्रयास भी उस लाचार बालिका ने नहीं किया।

विजय ने खिड़की में से झाँककर उसे देखा, तो मुक्ता खिलखिलाकर

हँस पड़ी और आनन्द के आवेग में उन जंगली गुलाब की महकती हुई झाड़ियों में छिप गयी। तब विजय और उसके साथी खाना बीच में ही छोड़कर, "माली की लड़की, माली की लड़की" कहकर चिल्लाते हुए व्यग्रता से मुक्ता को ढूँढ़ने लगे। उनके आगे-पीछे अनेक रंगों से चित्रित नन्हे-नन्हे परोंवाली परियों-सी सुन्दर तितलियाँ उड़ने लगीं, मानो चुटकी बजाकर उन्हें चैलेंज दे रही हों, हमें पकड़ो, हमें पकड़ो। परन्तु मुक्ता न जाने कहाँ गुम हो गयी थी।

बच्चों के आश्चर्य का तो ठिकाना ही न रहा जब सहसा उन्होंने देखा कि माली की लड़की न जाने किस मार्ग से निकलकर फाटक के पास लाल-पीले फूलों का गुलदस्ता लिये खड़ी हँस रही है। ऊषा, हर्ष आदि तो "मुझे दो, पहले मुझे दो" कहकर उसकी ओर भागे; किन्तु समझदार विजय मुक्ता की इस तीव्र बुद्धि का कायल हो गया।

यद्यपि इसी प्रकार किसी दिन बिल्ली का बच्चा देकर, किसी दिन बकरी का बच्चा दिखाकर और किसी दिन अपने आसपास के चिर-परिचित जंगल में छिपे हुए अनेक क्रीड़ा-स्थान दिखाकर मुक्ता ने इन शहरी बालकों के मन को अपनी ओर आकृष्ट कर लिया है, तो भी विजय, अन्य सभी बच्चों पर उसके रोब को सहन नहीं कर सकता। अब भी वह भली प्रकार जानता है कि इस गँवार लड़की को वह चाहे तो किसी भी अक्ल के खेल में परास्त कर सकता है।

3

दो दिन से लगातार वर्षा हो रही है,—ऐसी मूसलाधार, ऐसी तीव्र, मानो ऊपर के बादल व्याकुल होकर शीघ्र से शीघ्र धरती के पास पहुँचना चाहते हों; पहाड़ी झरने और नाले सबके सब एक साथ ही हृदय का सम्पूर्ण उल्लास बटोरकर गेरुये रंग से जैसे होली खेल रहे हों। कोठी के नीचे वाला नाला तो न जाने अपनी कितनी ही रूठी हुई साथिनों को मना लाया है और अपने निश्चित स्थान में उछल-उछलकर उन कल-कल हास्य करती हुई अनेक जल-धाराओं में जा मिला है। इस जनहीन स्थान में आज एक अपूर्व अभिनय-सा हो रहा है।

ठंड अधिक हो जाने के कारण कमरे में अँगीठी जलाकर मृणाल ने छोटे बच्चों को जबरन बिस्तरे पर सुला दिया और विजय से कहा कि यदि वह सोना नहीं चाहता, तो बाहरवाले कमरे में अँगीठी के पास बैठकर मास्टर का काम करे। माँ का कहना मानकर विजय पुस्तकों का ढेर लेकर

बैठा तो सही; परन्तु इन भौतिक नदी, नालों, झरनों की चंचल ध्वनि के सदृश उसके चिन्ता-विहीन कोमल मानस में जो एक शुद्ध पवित्र उल्लास की धारा-सी प्रवाहित हो रही है, भला वह क्यों न आज इस मोहक प्रकृति से मिल जाये,—मनोहारिणी सृष्टि के जीवित-जाग्रत बिखरे पन्नों को सामने फैला देखकर बालक विजय उन निर्जीव कागज-पत्रों में अपना मन किस तरह लगाये?

दोनों हाथ कोट की जेब में डाले विजय जी भरकर उस अलौकिक सौन्दर्य को खिड़कियों और दरवाजे की राह से देखता रहा और हाथ में छाता लेकर नीचे नाले तक जाने के मनसूबे बाँधता रहा। इस समय वह बिल्कुल अकेला है, सारी कोठी में एकदम सन्नाटा-सा छाया हुआ है। ऊषा, हर्ष आदि सभी बालक सोये पड़े हैं। दो-एक बार उनके पैरों में गुदगुदाने पर भी जब वे ऊँह-ऊँह करके सोये ही रह गये, तो विजय अनमना-सा हो गया। इधर वर्षा का वेग क्रमशः कम होने को आया और एक नीरव शान्ति सभी ओर व्याप्त हो गयी।

सहसा एक मुग्ध कल्पना के आवेश में विजय के दोनों हाथ जेबों में से निकले और जोर से बज उठे। इसी समय जब माली अँगीठी में लकड़ी डालने आया, तो उसकी भीगे वस्त्रों में चिपटी हुई-सी मुक्ता भी साथ ही दिखाई पड़ी। विजय ने खुशी से कहा, "ओ माली की लड़की! आओ, तुम्हें कैरम खेलना सिखायें।"

उष्णता और कैरम खेलने का अनायास ही अधिकार प्राप्त कर सर्दी से ठिठुरती हुई बालिका अरुणोदय की प्रथम किरण की भाँति खिल उठी। किन्तु ओह! वह तो इन खेलों को कुछ भी नहीं जानती। काली-सफेद गोटियाँ विजय स्वयं ही स्ट्राइकर की चोट से बोर्ड के सूराखों में फेंक देता और अभिमान के साथ मुक्ता की दीन-हीन आँखों में चकाचौंध करने वाली निगाह डालकर जोर से कहता, "देखा! तुम्हारी अब छै गोटियाँ बाकी हैं, अब चार रह गयी हैं, और अब केवल दो ही बाकी हैं।"

नासमझ मुक्ता बार-बार अपनी हार समझकर झेंप जाती थी। उसका नन्हा-सा दिल इस जीत-हार के अहसान के बोझ से दबा जा रहा था। दो-चार दिनों में ही विजय ने मुक्ता को लूडो और ताश के कई छोटे-छोटे खेल सिखला दिये। अब वह हर घड़ी इसी प्रयत्न में रहती कि किसी प्रकार ताश की एक बाजी जीतकर विजय के सामने अपनी प्रखर बुद्धि का प्रमाण दे।

मुक्ता अब अपने व्यक्तित्व का दर्जा यहाँ तक ऊँचा समझने लग गयी कि एक दिन जब वह सफेद फूलों के खेल में खुली धूप में बैठकर लूडो खेल रही थी, तो कतिपय पहाड़ी चरवाहे बालक उसकी ओर कुतूहलवश देखने लगे। एक बालक ने साहस करके काश्मीरी भाषा में पुकारा, 'हयः मुक्ता!' तो अभिमानिनी मुक्ता ने एक बड़ी-सी छड़ी हाथ में लेकर उद्दंडतापूर्वक अपने पुराने साथियों को भगा दिया, मानो वर्षों से वह विजय की ही अंगरक्षिका रही हो।

पगली मुक्ता ने उस समय तनिक भी यह विचार न किया कि किसी दिन यही विजय उसके अभिमान को चूर कर सकता है,—उसकी सारी कल्पनाओं और आशाओं की माला को एक ही झटके में तोड़ सकता है।

4

अपने सहृदय किरायेदारों की विदाई के समय चौकीदार के मन में क्षणिक मोह का जो संचार हो आया था, वह वेतन के अतिरिक्त इनाम में मिले पाँच रुपयों और गर्म वस्त्रों के ढेर को प्राप्त कर शान्त हो गया। अपने मालिकों को कुछ दूर तक पहुँचाकर जब वह अपनी कोठरी में पहुँचा, तो सबसे पहले उसने कपड़ों की गठरी खोली और देखकर खुशी से उछल पड़ा। यह याद करके उसे विशेष सन्तोष हुआ कि गत वर्ष के किरायेदारों से भी उसे दो कोट मिले थे। उसके पहले साल एक साहब ने उसे एक बढ़िया ऊनी स्वेटर भी दिया था, जो अब तक उसी तरह पड़ा था। आज के इनाम में एक काली बड़ी जर्सी के अतिरिक्त बच्चों के बहुत-से कपड़े देख बहुत ही प्रसन्न हुआ कि इस वर्ष की भयंकर सर्दियाँ मजे में गुजर जायँगी।

एकाएक आसमान में बहुत-से काले बादल घिर आये। माली की लड़की मुक्ता, जो सबेरे से ही जँगले पर मुँह लटकाये खड़ी थी, उस मेघाच्छन्न आकाश और उस सुनसान घेरे को एक बार चारों ओर से देखकर सिसक पड़ी। वह न तो आँसुओं को रोक सकी और न रोना ही बन्द कर सकी। उसकी ऊँची रुलाई मानो भारी लहरों की तरह अदम्य रूप से उस निस्तब्ध पर्वत-श्रेणी से टकराकर गूँज उठी।

बेचारा माली सिवा इसके कि अपनी बच्ची को दौड़कर छाती से लगा ले और उसके गर्म-गर्म आँसुओं को पोंछ डाले, यह भी न जान सका कि उसकी प्यारी बच्ची के किस कोमल स्थान पर कौन-सी गहरी चोट पहुँची है। अपने विचारशील, पिता के बहुत समझाने-बुझाने पर भी वह

अबोध बालिका यह न मान सकी कि इसी भाँति अनेक किरायेदार इस कोठी में आते रहे हैं और भविष्य में आया करेंगे।

मुक्ता कितने ही दिनों तक उस पथरीले झरने की झरझंर में, उस सुरभित पवन की सरसराहट में और उन ऊँची शाखाओं पर झूम-झूमकर गाते हुए पक्षियों के कलरव में एक गहरे विषाद और घनी उदासी की छाया अनुभव करती रही। न जाने कब तड़-तड़ ताली बजने की गूँज-सी उसके कानों में निरन्तर प्रतिध्वनित होती रही।

घर पहुँचकर विजय अब नियमपूर्वक स्कूल जाता है और लौटते समय सड़क से ही जोरों से तालियाँ बजाता आता है। उसकी ऊँची तालियों की आवाज से सारी भव्य इमारत गूँज उठती है और अड़ोसी-पड़ोसियों तक को भी यह ज्ञात हो जाता है कि विजयकुमार स्कूल से लौट आया है। सभी बच्चे उस पहाड़ की याद को क्रमशः भूलते जा रहे हैं। आनन्दकुमारी को पहाड़ पर जाने से एक लाभ यह हुआ है कि उसे शरारती विजय को काबू में लाने का एक नया उपाय मालूम हो गया है। आनन्दकुमारी के कालेज से वापस आते ही जब विजय उसे तंग करने पहुँचता है, तो वह चुपके से उसके कान में कह देती है, "सार्जेण्ट साहब, माली की लड़की का क्या हाल है?"

बस, इतना ही काफी है। विजय एकदम मुँह फुलाकर कहता है, "चलो, हम नहीं बोलते।"

(कलकत्ता, 1936)

प्रेमा

"होली! अजी होली में तो नये लत्ते पहरते हैं न, हम पै तो वो भी नहीं!"

"आज तो हमारे यहाँ दलिया बना था, वही न सूखी रोटियों में गुड़ घालकर, सब बच्चे-बच्चे, खा गये हमारे लिए तो बचा ही नहीं।"

खिड़की के पास बैठे-बैठे ज्योंही मेरा एकाकी चित्त मानो अपनी गहन शून्यता को भरने विचित्र स्वप्न-जाल बुनने लगता है, तभी वह न जाने किस ओर से एक प्रबल झोंके की नाईं, झट से आकर, तनिक मुस्कराते हुए ऐसे ही नित्य नया सन्देश कह सुनाती है।

याचना अभ्यर्थनाहीन बल्कि यूँ ही लापरवाही से कहे गये धीमे बाल स्वर को सुन मैं अपना ताना-बाना छोड़, उस अबोध अन्तर के गहन तल-में बिधी एक अत्यन्त सूक्ष्म वेदना को एकटक खोजने लगती हूँ। दिन में जितनी बार प्रेमा मेरे सामने से आती-जाती है। वह खुले होठ, ऊपर आकाश की ओर ताकती हुई निश्चेष्ट आँखें, हृदय मानो जिनकी राह से फूटकर बाहर निकलना चाहता हो। वहीं दरवाजे के बीच में खड़े-खड़े उस दिन वह, उसकी निःस्पन्द प्रकृति ओह! आजन्म मेरे सम्मुख चित्र-सी बनी रहेगी।

खिड़की की चौखट को पकड़े अपनी दोनों टाँगों को बारी-बारी से हिलाती हुई, कहे चली जाती है, "अजी उसमें भी तो 'क' है न?"

"हाँ प्रेमा! वह लिखा है, 'पृथिवी 'का' चित्र'। जिस धरती पर हम रहते हैं, और वह नीला रंग पानी का है।"

ग्लोब की ओर संकेत करते हुए मेरा मानसिक पक्षी पंख फड़फड़ाकर मानो लौट आता है, और उसी क्षण प्रेमा के नेत्रों में अपनी ही बन्दी की-सी परछाईं झाँक धाँय-धाँय कर उठती है।

"अच्छा लीला, लीला पानी।" और वह कौतुक-पूर्ण हँसी हँसकर भाग जाती है। तब मेरी कल्पना उन आधी टूटी काली सींकचों की चिकों वाले झोंपड़े के भीतर अनायास जा पहुँचती है। जहाँ एक ओर खटिया,

चूल्हा, उपले, टूटे बर्तन, अरगनी पर लटके फटे-चिथड़े और इधर-उधर चुँधियाई आँखों वाले भिनभिनाते बच्चे हैं।

"वहीं-कहीं मानो किसी महत्त्वपूर्ण तहखाने में प्रेमा ने वर्षों से एक-एक पैसा जोड़कर अठन्नी छिपा रखी है। किसी दिन गाँव जाने की आशा में, चन्द्रग्रहण के अवसर पर प्राप्त की हुई फटी धोतियों से जोड़-जोड़कर परिश्रम से तैयार किया हुआ—घाघरा। और वह नृत्य-वेला में रानी के पैरों से उछलकर विलग हुए कुछ टूटे नूपुर।"

प्रायः कूड़े की पेटी में से जिन्हें छानते हुए देख, मैंने अनेक बार प्रश्न किया है "घुँघरू तेरे क्या काम होंगे री!"

दोनों घुटनों में सर को दाबे मानो उसे गुदगुदी हो रही हो।

"अजी रानी क्या करती है? मैं भी तो गाँव जाकर...वहाँ तो रात को बहुत नाच तमाशा होता है" यूँ कह मुझे निरुत्तर कर देती।

× × ×

कल दोपहर गुलदाउदी के अन्तिम खिले फूलों के समीप चटाई बिछाए, सीधी लेटी-लेटी ऊपर अनन्त की ओर देख रही थी दूर आकाश में उड़ती चीलों को। हाथों में थी महाकवि की 'कविता'। इस विराट् विश्व में अकेले पड़े किसी शुष्क बीज की भाँति अपना क्षुद्र अस्तित्व मानो स्वयं मुझे ही दबोचने और अखरने लगा!

"अजी क्या कर रही हो? तुम तो हर वक्त पढ़ती ही रहो।" धम से पीछे आँगन में दोनों टाँगें पसारे, एक ओर झाड़ू पटके प्रेमा बोली—

"आज तो एक पैसा चाहिए?" सोचा क्या आफत मोल ले ली। बदतमीज कहीं की, न जाने आदमी का मन किस समय कैसा होता है! बैठी किस ढंग से है? बोलती कैसे है? मानो मैं कोई इसकी सगी सहेली होऊँ...मेरी इसकी क्या मित्रता?

किन्तु प्रेमा ने इतना साहस, इतना निजत्व, अकारण ही नहीं बाँधा है। जीवन में परस्पर वास्तविक परिचय के लिए जिस एक मात्र मुस्कराहट, केवल जिस एक स्निग्ध दृष्टि की आवश्यकता होती है—उसका आदान-प्रदान उन दोनों बहनों के बीच बहुत दिन पूर्व हो चुका है।

न जाने वे मुझे देखते ही क्यों एक शरारत भरी हँसी हँसने लगतीं। जो कुछ हाथों में होता उसे जमीन पर फैले लहँगे और मैली ओढ़नी के नीचे ढककर बड़ी बहन प्रणाम करती, और छोटी एकटक देखती हुई, मुस्करा देती।

सीढ़ियों के पास लकड़ी रखने की जो कोठरी है, वहीं कोने में झाड़ू रखे, द्वार-द्वार से संग्रह की हुई बची-खुची रोटियाँ, बासी दाल, अचार

लेकर खाने बैठी होतीं। कभी-कभी नीचे के रेस्टोराँ से रात की बची खट्टी क्रीम भी टीन के डिब्बों में उनके पास पड़ी होती।

आशा का घर तब मेरे सामने ही दुमंजले में था। प्रातःकाल सैर से लौटकर प्रायः नित्य ही उधर जाते हुए वे वहीं दिखाई देतीं। उनकी चमकीली आँखों में पहाड़ी झरने की सहस्र धाराओं में अकारण ही छलछल फूटती हँसी को देख, सीढ़ियाँ चढ़ते-चढ़ते मैं वहीं रुक जाती–उनकी वह चपल खिलखिलाहट, वे निर्दोष आँखें कुछ क्षणों के लिए मानो मुझे वहीं बाँध लेतीं–

कुछ मास पश्चात्–आशा के पति का तबादला हो गया। और मैंने वहीं घर ले लिया। इस नये मकान में मुझे अधिक सुख प्रतीत हुआ। विशेषतया उस घर की पुरानी गन्दी बुढ़िया मेहतरानी की चक-चक से छुटकारा हो गया। एक हाथ में बाल्टी उठाए–सर पर बालों का जंगल, उघड़ी छाती, फटे लटकते मलिन चिथड़े और उसका जवान लड़का काला कलूटा, दुर्गन्ध से भरा बदन, रूखे खड़े-से बाल–जो स्वप्न में भी न दीखें।

उन दोनों माँ-बेटे की अपेक्षा ये दोनों बहनें कितनी अधिक फुर्तीली, खुशमिज़ाज और भली दिखने वाली थीं। बड़ी बहन की आँखें तेज बुद्धिमत्ता की झलक लिये हुए, नोकीली नाक, खिला हुआ चेहरा, यौवन के उभार को प्रकट करता था। लाल लहँगा, धुली ओढ़नी, साफ-सुथरा काम।

किन्तु छोटी यही प्रेमा जब-जब बिखरे रूखे केश, मैली ओढ़नी में ढका साँवला चेहरा, छोटी नाक, सकुचाए नेत्रों के साथ मेरी आँखों के सामने से गुजर जाती। दोनों बहने एक साथ खाना खातीं, एक साथ झाड़ू लिये सफाई करने आतीं और काम धाम छोड़ वहीं पिछवाड़े सड़क पर धूल में बैठ कंकरों से खेल रही होतीं, उनके हँसी-विनोद में मुझे भी कम अनुराग न था। बैठी-बैठी–जब कभी उनके गीत सुनती–

“उठो चन्दना, दिवला,
बालो जी राज।”
चीठी आयी दखिन–
देश से जी राज।
हम पै बाबल उठायी न जा...
चाँद उजाली बाबल–
चिठी बाँच लो जी राज।
बाँच ओ सुनाओ बाबल
क्या लीखा जी राज।

ओरे, धोरे, सात सलाम,
बीच में लीखा,
से धीइड़िया जल्दी आँवणा—
खोली देवर मँजड़ किवाड़,
साँकड़ तो खोलो,
लोहैं सार की जी राज।

× × ×

रिमझिम बरसेंगे मेंह बादर भीजस
ऐ देवरिया प्यारी भावज़ा जी-राज।

× × ×

मा मेरी! खेलूँगी बालू रेत में।
हँसला तो खोया बालू रेत में।
खो गया तो खो जाने दे बेटी
और गढ़ा दूँ पौने तीस का।

अर्थात्—'बेटी चन्दा! उठो दिया जलाओ, दक्षिण देश से चिट्ठी आयी है।'

'मुझसे तो उठा नहीं जाता! पिताजी तुम ही चाँद की ज्योति में पढ़कर सुनाओ तो क्या लिखा है।'

और सब कुशल समाचार, सलाम, प्रणाम, पर असल बात तो बेटी तुम्हारे जल्दी आने की बीच में लिखी है।

× × ×

(लड़की ससुराल पहुँचकर कह रही है)

ऐ देवर! लोहे की साँकर से बन्द किवाड़ खोलो! रिमझिम-रिमझिम मेह बरस रहा है—बाहर तुम्हारी भाभी भीग रही है। ओ देवर! किवाड़ खोलो!!

× × ×

गाना सुन मुझे अपने बिछुड़े बचपन की स्मृति हो आती। तो भी काम काम है, प्रेमा के सुस्त और गन्देपन पर खीजकर मैं फटकार दिया करती। "बस जा! तू मत आया कर! बड़ी बहन ही यहाँ काम करेगी।" मुझे प्रायः विस्मय हो आता, दोनों की स्वाभाविक गति एवं सहज बुद्धि भेद पर! किन्तु एक दिन साधारण-सी घटना ने मेरी धारणा प्रेमा के प्रति बदल दी।

× × ×

साँझ होने तक उस दिन सिलाई की मशीन लिये बैठी सीने-पिरोने

में व्यस्त रही! रानी पास बैठी शायद कोई कहानी की पुस्तक पढ़ रही थी। कम्रे में निस्तब्धता छा गयी थी। मधुमक्खियों का-सा गुंजन सुन मैंने सिर उठाया और नीचे कर लिया—मानो सुना ही न हो। "अजी वह प्रेमा माँग रही है" बड़ी बहन ने सकुचाते हुए किन्तु औचित्य-पूर्ण ढंग से संकेत किया—

"हैं मोरपंखे क्या होंगे?" मशीन चलाते-चलाते मैंने पूछा!

वे खिलखिला पड़ीं "अजी ऐसे ही!" (बड़ी बहन की ओर संकेत कर) जैसे यह पहर रही है न कानों में। मैं तो इसी की डंडी तोड़, पाँच-पाँच मिलाकर पहर लूँगी।

मशीन, कपड़ा, सिलाई वहीं छोड़ समीप जा मैंने गुस्से से कहा—तुम लोगों का दिन-रात यही काम है। कभी कपड़ा, कभी दातुन, कभी कुछ...। लेकिन क्रोध उस निष्कपट हँसी के आगे कर ही क्या सकता है! उन नजरों से देखते ही स्वर बदल गया, "पगली—तू भी साफ रहा कर—तू कैसी घिनोनी लगती है। जरा देख तो अपनी बहन को? और तेरे कड़े, हँसली, चूड़ी सब क्या हुए?" अजी इसको तो शादी में मेरे बाप ने दिये थे और सासुरे से भी..."अरे! इसकी शादी भी हो गयी क्या?"

बड़ी बहन लजाकर कानों तक सुर्ख हो उठी। एक मृदु सनसनाहट-सी मानो उसके समूचे शरीर में दौड़ गयी हो। पाँवों के अँगूठे को जमीन पर घिसते, उसे जाने क्या हो आया कि प्रेमी के कन्धे को जोर से झकझोरते हुए बोली—

"अजी! यह तो विधवा भी हो गयी।" और फिर वही खिल-खिलाहट।

हत, नासमझ लड़की! ऐसे भयानक शब्द का अर्थ नहीं जानती है क्या? इनके लिए जैसे कोई बात ही नहीं, मैं सन्न-सी रह गयी!

"नहीं सच्ची, बीबीजी!" किन्तु प्रेमा बारह वर्ष की बच्ची! उसका चेहरा रक्तहीन हो सफेद-सा पड़ गया—आँखें मानो अपने ही को स्वतः दोषी स्वीकार कर ऊपर आकाश में एकटक लगी थीं। उस बाल नारी मूर्त्ति के अन्तर की घर-घर, साँझ के हल्के उजाले के साथ, मेरे सारे कमरे में, असीम व्यथा-सी फैलाने लगी। रानी ने भी कहानी की पुस्तक छोड़ दी, और हम चारों ने क्षण भर एक दूसरी की ओर अत्यन्त सूक्ष्म भाव से देखा।

लेकिन मुझे समझ न आया, उस निर्बोध हृदय को कैसे सहलाऊँ, क्या आश्वासन दूँ? बिना सोचे-समझे एकाएक कह उठी—तो इसकी दुबारा भी तो शादी हो सकती है?

"जी हाँ; लेकिन हम में दुबारा कोई शादी नहीं होती, बैठाल देते हैं...मेरे ही एक देवर हैं।"

अजी अब के वैशाख में तो सबसे छोटी की भी शादी हो जायगी। माँ कहती है गौना पीछे हो लेगा। एक ठिकाने तो हो जाय, क्वाँरी लड़की जाने कहाँ-कहाँ डोलत गिरे।

कथन सही था। नीचे रेस्तोरों के वर्दीधारी कर्मचारियों की विघातक दृष्टि मुझसे छिपी न थी...किन्तु इस समय बड़ी-बूढ़ियों सरीखी शान्तभाव से कही गयी, बड़ी बहन की एक बात भी मुझसे न सुन पड़ी—मोरपंखें देकर तुरन्त दोनों को विदा कर दिया।

× × ×

पैसा तुझे कल जो दिया था, प्रेमा! सो क्या हुआ? सिर में तेल तो तूने डाला ही नहीं? वृथा की सूखी जटा-सी तनिक सुनहरी लटों को उसके गले में उपेक्षा से लटकते देख मैंने कहा।

"वह तो मेरे बाप ने ले लिया, बोला तू क्या करेगी?"

आज तो वह जा रही है न! जी...ससुराल को, मेरी बहन।...अँगूठी लूँगी अजी पैसे की, आज ही...निशानी भी तो देते हैं न जाते वकत!

मेरा जी भर आया। कविता की पुस्तकें एक ओर रखकर कहा—अच्छा प्रेमा तुम्हें बहन का जाना बुरा लगता है?

"और क्या अच्छा लगता है?" मेरी प्रबल इच्छा हुई, उससें पूछूँ, क्यों? उसे घर में पूरा खाना नहीं मिलता? त्योहार के दिन कपड़े, जेवर नहीं मिलते? उन्हें गौने क्यों नहीं ले जा रहे?

यद्यपि मैं जानती थी! वह सदा की भाँति मुँह फेरकर निस्पृहतापूर्वक लटके स्वर में कहेगी—मो को क्या मालूम?

सहसा अन्तःकरण ने मानो फटकार कर कहा—न! न! इस नव आहत पक्षी के प्राणों को न झकझोर—रहने दे, मत कुरेद!

पर जो चला जाता...

"वह सब सच है, जी। पर जो जाता, वह कभी मिलता नहीं।"—एक बार, दो बार, तीन बार ही क्यों, लगभग प्रत्येक बार हर बात का यही अनघड़ और बेतुका-सा उत्तर पा सावित्री को हबीबा पर ही झुँझलाहट नहीं हुई, प्रत्युत्त स्वयं अपनी नासमझी पर भी हँसी आयी कि ऐसे अनभिज्ञ पात्र के सामने—जो वास्तव में इन पर्वतीय शिलाओं अथवा पेड़-झाड़ियों, लता-झरनों आदि से अधिक महत्ता नहीं रखता—वह क्यों और कैसे सत्य-सौन्दर्य एवं गूढ़ दार्शनिक उलझनों को सुलझाने की बातें कहे जा रही है। इसीलिए उसने तुरन्त ही हबीबा को सामने जंगल में से एक नयी किस्म के गुलाब के फूलों का गुलदस्ता बना लाने का आदेश दिया। फिर उसने घोड़े की रासें थामीं, चाबुक ले एड़ी लगायी और कुछ ही मिनटों में लगभग डेढ़ मील आगे पहाड़ी नाले के पास आ दम लिया।

उस दिन चन्दनबाड़ी जाने के प्रोग्राम का सुनकर सबेरे-ही-सबेरे आसपास की पहाड़ियों से उतरकर पहलगाँव के प्रायः सभी घोड़ेवालों ने बँगले को घेर लिया था। पूरा आधा घण्टा इन सात-आठ सैलानी साथियों में सवारी के लिए घोड़ों की छानबीन और चुनाव होता रहा। हबीबा ने तभी अपने घोड़े पर श्रीमती सावित्रीदेवी से सवार होने के लिए आग्रह किया था। पर वह न मानी थी, क्योंकि उसका अनुमान था कि विशालकाय, हृष्ट-पुष्ट और ऊपर से चमकीले व सुन्दर दिखने वाले की अपेक्षा छोटे कद के झुकी तथा विनम्र-सी आँखों वाले निरीह घोड़े ऊँचे-नीचे सँकरे मार्ग पर अधिक समझदारी से चलने वाले होते हैं।

शीघ्र ही काफिला दो भागों में बँट गया। दो-तीन व्यक्ति अबाध गति से घोड़े दौड़ाते हुए आँखों से ओझल हो गये। दो-एक दूर ऊँचाई पर पहुँच, निखरी धूप का आनन्द लेते हुए नीचे बेंत के वृक्षों की झिलमिल और नदी के प्रवाह को देखने लगे। किन्तु कुल एक-डेढ़ मील आगे शेषनाग के उस प्रथम पुल पर ही—जहाँ से पर्वतों की ऊँचाई, नदी

का बहाव तथा दोनों ओर से वनों की सघनता क्रमशः एक विराट् रूप धारण कर लेती है और यात्री वास्तव में किसी महान् लक्ष्य की ओर जाते दिखाई पड़ते हैं—सावित्री को रुक जाना पड़ा। परिणाम विपरीत निकला। दोनों छोटे घोड़े महाआलसी, मरियल एवं भीरु सिद्ध हुए—मानो सामने के विराट् पथ की चुनौती देख काँप उठे हों। वे किसी भी प्रकार आगे बढ़ते ही न थे। इसी कारण सावित्री ने यह सात-आठ मील पैदल ही तय करने का निश्चय किया।

इधर इन वन-वीथियों, प्रवाहों, झरनों और शान्ति के अगाध सागर में आये उसे मानो युग बीत गये थे। गत तीन-चार वर्षों से शहरों में होने वाली मार-काट, अत्याचार और मनुष्य की नग्न क्रूरता आदि ने उसके मस्तिष्क को विकृत-सा कर डाला था। उसके मन से जैसे विश्व के सौन्दर्य-स्थलों तथा उन सभी विभूतियों पर से, जो मानव मन को ऊँचाई की ओर ले जाती हैं, विश्वास-आस्था उठ-से गये थे किन्तु आज फिर जैसे इस नीरव पर्वतीय पथ में मीलों चलने से उसे उसी अलौकिक स्फूर्त्ति एवं प्राण-स्पर्श का आभास मिलने लगा। आसपास दोनों ओर के श्याम शिखर कहीं बर्फ से ढके और कहीं वेग से झरते प्रपात, वही उनकी चिरमौन समाधि और वही चरणों-तले शेषनाग की गूँज। फर्क केवल इतना था कि इस बार सौरमास अधिक होने से अथवा निरन्तर कई वर्षों से यात्रियों के न आने के कारण मार्ग साफ न था। ऊँचे-लम्बे वृक्षों ने जड़ों- सहित मानो पछाड़ खा मार्ग जहाँ-तहाँ रोक रखा था। तिस पर अनेक भारी पिघलती हुई हिमानियाँ ऐन नदी तक लुढ़कती आ रही थीं, जिन्हें बार-बार प्राण हथेली पर रखकर पार करना पड़ता था। कश्मीरी लोगों का यह कहना कि धरती पर उत्पात देख हिमालय के देवता नागराज क्रुद्ध हो हिमपात करते हैं, प्रत्यक्ष नजर आ रहा था। चन्दनबाड़ी पहुँचकर तो इन मध्य भव्य दृश्यों की जैसी चरम सीमा हो गयी। हिमश्वेत भुर्जवृक्षों से फूटते कच्चे रक्तवर्ण किसलय, देवदारु के नूतन-पुरातन हरितवर्ण और अगरु-धूप की झाड़ियों से आच्छादित सामने की ऊँची पर्वतीय प्राचीरें—सब मिलकर मानो वसन्तोत्सव मना रहे हों। कण-कण में चेतनता और जागृति के लक्षण थे। ऐसे पुलक-भरे जीवन क्षणों को छोड़कर किसका चित्त तुरन्त लौटने को करता? किन्तु दुर्गम भयंकर पथ, शीत की अधिकता एवं अँधेरा हो जाने के भय से शीघ्र ही आना पड़ा।

कुछ जने फिर वैसे ही कूदते-फाँदते और दो-एक अश्वारोहण कर आगे निकल गये। सावित्री पुनः उन महान् पर्वतश्रेणियों के मध्य में

जान-बूझकर अकेली रह गयी। किन्तु इस बार साथियों ने हबीबा और उसके शानदार घोड़े को उसके संग ही रह जाने की हिदायत कर दी थी। घोड़ा गहरे भूरे रंग का सुन्दर सुदृढ़ डीलडौल लिये था—जैसे किसी ने तन-मन लगाकर पाला-पोसा हो। वह मीलों एक साँस में दौड़ सकता था। उसके नथुने फूले रहते थे, मानो इस आशा-प्रतीक्षा में रहता हो कि कब दौड़ लगे! और हबीबा भी उसके करतब को एक बार दिखाना चाहता था, किन्तु सवार को ही डेरे पर पहुँचने की जल्दी न थी।

मीलों लम्बे इस नीरव एकान्त पथ में सृष्टि के सम्पूर्ण मूलतत्त्व मानो अपने विराट् और चरम सुन्दर रूप को, छत्र-सा फैलाए वातावरण को, अद्‌भुत दार्शनिक भावों से पूर्ण कर रहे थे। नदी एवं जल-प्रपात की ध्वनि पर्वतीय वायु के साथ मिलकर ऐसा स्वर्गीय गुंजन भर रही थी, जिसकी तुलना में असंख्य मानवीय स्वर, काव्य एवं वाद्य-यन्त्र आदि भी तुच्छ जान पड़ते थे। ऐसे समय में अकस्मात अखिल ब्रह्माण्ड के विस्तार, रचना एवं मनुष्य के क्षुद्र अस्तित्त्व का भान हो आना स्वाभाविक ही था। माँ धरित्री के ऐसे सुन्दर-स्वरूप पर मुग्ध हो सावित्री रोमांचित-सी हो उठी, मानो कोई उसे अपने स्नेहपूर्ण आँचल में लपेटे ले रहा हो। किन्तु दुःख-सुख और आनन्द की चरम हिलोर में ऐसी अवस्था आती है, जब कि निजी भावों को किसी दूसरे पर व्यक्त किए बिना रहा ही नहीं जा सकता। और इन नीरव दुर्गम घाटियों में हारकर मनुष्य ही दुर्लभ एवं परम आदर की वस्तु जान पड़ता है। इसी से पूरी तरह व्यक्त न कर पाते हुए भी उसने प्रतीक-स्वरूप कहा—"हबीबा, हम सब भाई-भाई हैं। एक ही जमीन और एक ही आसमान के पुत्र-पुत्रियाँ हैं, एक ही जान हवा और पानी की तरह सब में समायी है। तो फिर यह लड़ाई-झगड़ा क्यों होता है? इन्सान को इतना लालच क्यों है?"

और इन सभी वाक्यों के उत्तर में वह केवल "यह सब सच है जी पर जो चला जाता, वह मिलता नहीं।" इतना कहकर जोर से गरदन हिलाकर ऐसा जोर का कहकहा लगता और फिर गम्भीर मुद्रा धारण कर घोड़े को पुचकारता हुआ उसे विकट चढ़ाई-उतराई में सम्हलकर चलने की शिक्षा व मदद देने लगता। तब सावित्री विवश हो हँस देती अथवा मौन धारण कर नीचे-ऊपर के अपूर्व सौन्दर्य को स्वप्न के समान देखने में तन्मय हो जाती। किन्तु जब सामने के उस सुन्दर प्रदेश को देख—जहाँ नदी ने समतल पर किंचित शान्त रूप धारण कर लिया है, पर्वतमालाएँ तनिक दूर हो गयी हैं और तट पर के हरित मैदान में सूर्य

की अन्तिम किरणों से नीले-हरे रंग झिलमिला उठे हैं—उससे फिर न रहा गया और बोली—"यहीं मिस्टर वाइट कैम्प लगाकर रहते थे न? इस स्थान का नाम नन्दनवन है न, क्यों हबीबा?"

"हाँ, यह सब सच है, बहन जी, पर जो जाता, सो मिलता नहीं।" इस बार फिर यही उत्तर पा वह अत्यन्त खीझ उठी और इसीलिए हबीबा को बहाने से पीछे एक गुलदस्ता बना लाने के लिए छोड़ आयी। इस ओर ऊपर के न-जाने किस अदृश्य स्रोत से एक दुग्धवर्ण पहाड़ी नाला किसी भूले-भटके शिशु के समान दौड़कर नदी से मिल जाना चाह रहा था। कुछ खेती-बाड़ी के चिह्नों और समीप ही किसान-कन्याओं के गीतों की गूँज से मानवी जीवन-सम्बन्धी लक्षण स्पष्ट दिखाई देने लगे थे।

रासें हाथों में थामे, घोड़े को पानी पिलाते-पिलाते, स्थिरचित्त अनायास ही सावित्री सोचने लगी—वास्तव में क्या चला जाता है? क्या फिर मिलता नहीं? इतने में हबीबा जंगली फूलों का बड़ी-बड़ी डंडियोंवाला एक सुन्दर गुलदस्ता बनाकर ले आया। उसे आता देख सावित्री ने कहा—"घोड़ा तुम्हारा सचमुच कमाल का है, हबीबा। तुम्हारा घर कहाँ है?"

पहाड़ों में मित्रता यद्यपि क्षण-भर की होती है, किन्तु हबीबा के अन्तर में दबी हुई समूची व्यथा और उल्लास जैसे उसी प्रश्न की प्रतीक्षा में थे। बोला—"जी बहन जी, यह जोड़ी था...और हम भी दो भाई थे। साहब के पास बारी-बारी से घोड़ा ले जाते—एक दिन गनिया, एक रोज हम। उफ! क्या दौड़ लगाता था! साहब खुश होकर पाँच-पाँच रुपये इनाम देते थे। हम लोग अमरनाथ भी जाते थे। दूसरा घोड़ा काला था, एकदम तन्दुरुस्त। हमारा छोटा भाई भी ऐसा ही था एकदम जवान। परसाल ही तो भाई भी चला गया...ओह! उसे कितना दर्द उठता था!"

"इलाज नहीं कराया कोई?"

"जी, इलाज? कौन है इधर अब! डॉक्टर तो अब सब...तीन साल से कोई नहीं आया। तावीज़ लाया, पीर के पास भी गया, मिट्टी भी लगायी, पर कुछ नहीं हुआ। और घोड़ा भी रात-रात में कोई खोलकर ले गया। उफ! इधर चूर (चोर) भी अब आता है। किसको बोलेगा? हुजूर को तो सब मालूम है।"—कहकर फिर उसकी मुद्रा गम्भीर हो गयी और आँखें फाड़-फाड़कर वह चारों ओर ऐसे देखने लगा, जैसे घोड़ा और भाई उसका अपना आधा शरीर हो, जो अकस्मात् झटके से कटकर अलग दूर जा पड़े हों, और उसके प्राण निरन्तर उन्हें खोजते रहते हों! कुछ चुप रहकर वह पुनः बोला—"हमारा भाई है, एकदम बूढ़ा। उसके आँखें नहीं।

आप हमको सच्ची बहन के माफिक हैं। हम कसम से आपके सामने कहता कि शादी हम कभी नहीं करेगा, नतर (नहीं तो) भाई हमको देखता रहता।"

हबीबा बड़ी सरलता से अपना दुःख उँड़ेलता हुआ कहता गया। वह नहीं जानता था कि सैलानी सवार उस दुनिया से आ रहा है, जहाँ मरना-जीना, चोरी-डकैती, धोखा आदि तनिक भी अनोखी बातें नहीं। जीवन के मूल्य जहाँ प्रतिक्षण बदल रहे हैं। किसी की स्मृति में चार आँसू बहाने का भी जहाँ अवकाश नहीं और जन्म या मिलने पर हर्ष प्रकट करना भी जहाँ उपहास अथवा कोरी भावुकता गिना जाता है और मनुष्य का मन निरन्तर यह सब सहते-सहते मानो चट्टान-सा बनता जा रहा है। इस पर भी न-जाने क्यों, सावित्री के निर्मल चित्ताकाश पर सहज ही शुभ्र मेघों-सी अनेक आकृतियाँ उभर आयीं और धीरे-धीरे अत्यन्त समीप आकर स्पर्श-सा करती गयीं। उसके शरीर में एक कम्पन-सा हुआ और अनायास ही उसके अन्तर में निम्न आशय का एक भूला हुआ पहाड़ी गीत उभरकर चारों ओर गूँजने लगा–

आज की रात रहो, प्रिय, आज की रात रहो!
तुम्हारे लिए जंगल से झरबेरियाँ तोड़ लाती हूँ,
पीने को चश्मे का ठंडा पानी ले आती हूँ,
पथ में फूल बिछा देती हूँ,
मेरे साजन,...आज मत जाओ!
आज ही केवल, प्रिय, आज की रात रहो!

किन्तु नहीं, जिस पथिक को जाना है, वह अनसुने ही उठकर चल दिया है। मुड़कर पीछे उसने नहीं देखा। आगे घने मोड़ हैं, घुमाव रहस्यमय प्रदेश हैं, अनुनय करने वाले का सुर मानो उड़ता हुआ उनमें विलीन हो गया है। और सावित्री की दृष्टि क्रमशः उठते-उठते उन ऊँची चोटियों पर स्थित आदि-युग के-से काले झाँपड़ों पर जा पड़ी जहाँ बाहर बाधाहीन प्रकाश है, छाया है, स्वर है, मधुमय गुंजन है, पर भीतर ऐसा भयावन एकाकीपन है कि हर घड़ी किसी से मन की बात कहने को जी अकुलाता है। तब उसे लगा कि वास्तव में हबीबा ने उसे यह कहकर परास्त कर दिया है कि यद्यपि हम एक हैं, उसी प्रकार जैसे बाग में अगणित फूल हैं, आकाश में नक्षत्र हैं और सागर में लहरें और बुद्-बुद् हैं, पर वे सब बिछुड़कर एक दूसरे से कहाँ मिल पाते हैं? 'जीवन' और 'संसार' नाम दो घड़ी मिल बैठने का ही तो है न!

अब वे एकदम पहाड़ों से उतरकर नीचे पुल के समीप पहुँच गये थे। दूर शिखरों पर सन्ध्याकालीन गम्भीर प्रकाश स्वर्णिम आभा फैला रहा था। नदी और आसपास वन-प्रान्तर दिन-भर उल्लास की कथा कह अब जैसे किसी जटिल समस्या में निमग्न हो गये थे। इधर शायद कुछ वर्षा हो चुकी थी, जिससे काश्मीरी घरों के आगे के छोटे-छोटे कब्रिस्तानों में खिले नीले-सफेद शोषान के फूल एक साथ भीनी सुगन्ध और उदासी वितीर्ण कर रहे थे।

यहीं सवित्री घोड़े से उतर पड़ी। पैसे चुका दिये और सामने के घने अन्धकार की ओर बढ़ चली—जिसमें सुख-दुःख, प्रेम-बिछोह और जीवन की समस्त अनसुलझी उलझनों को ढाँप लेने की क्षमता है। हबीबा ने भी घोड़े का पसीना पोंछा और उसे स्नेह से चिपटकर थपथपाया। यद्यपि न तो वह पूरी तरह उस भयावनी रात में पर्वत श्रेणियों को विदीर्ण कर अपनी माँ के चीत्कार को ही व्यक्त कर सका और न इस बात के अरमान को कि यदि अमरनाथ के यात्री और साहब लोग इधर आये होते, तो वे कोई दवा-दारू ला सकते। तो भी उसका जी बहुत-कुछ हलका था और वह द्रुतगति से कदम बढ़ाता हुआ पुल से दूसरे पार हो गया था।

(नयी दिल्ली, 1951)

वसन्त है या पतझड़?

वसन्त का मदमाता प्रभात था। गुलाब, गेंदा, नरगिस आदि फूलों की महक बटोर-बटोर कर शीतल समीर के झोंके, समुद्र की लहरों की भाँति, खिड़कियों की राह से अन्दर कमरे की दीवारों के साथ थपेड़े मारते थे और पुनः बाहर निकल जाते थे। इनके साथ ही ज्ञात तथा अज्ञात पक्षियों का मधुर संगीत भी मानो सुनहली किरणों का स्वागत कर रहा था।

स्नानागार से अपने कमरे की ओर बरामदे में से होकर जाते हुए मेरी नजर नीचे की खिली हुई फुलवाड़ी पर जा पड़ी,—एक ओर के गोल घेरे में गुलाब खिला था, दूसरी ओर एक क्यारी में गेंदे की बहार थी। बाहर वाले फाटक से लेकर कोठी के सहन तक की सड़क के दोनों ओर अलबेली नरगिस अपनी भीनी-भीनी सुगन्धि पवन को वितीर्ण करती जा रही थी। रंग-बिरंगे पुष्पों का सौन्दर्य देखते ही बनता था।

वनस्पति-जगत का यह वैभव केवल हमारे माली की सृष्टि तक ही सीमित न था, बल्कि बाहर की सड़क के वृक्षों पर भी नयी कोपलें और नयी हरियाली दिखाई दे रही थी। छोटे-बड़े का भेद-भाव मिटाकर प्रकृति-माता मानो आज अपनी सभी सन्तानों को नव-जीवन का उपहार बाँट रही थी।

वसन्त की इस निराली छटा का आनन्द लेने की इच्छा से मैं वहीं बरामदे में कुछ क्षणों के लिए रुक गयी।

"ओ रामकली! तुम तो सब मिट्टी लगा रही हो!" शोभा की पतली-सी आवाज कहीं दूर से इसी समय सुनाई दी।

यह शोभा कहाँ जा पहुँची है। मैं उत्सुकतापूर्वक इधर-उधर देखने लगी। सब्जी की क्यारियों के उस पार मैंने देखा हमारे माली की नवविवाहिता बहू रामकली और शोभा बारी-बारी से इधर-उधर दौड़कर वसन्ती रंग की एक धोती सुखा रही थीं।

मेरी शोभा जैसे-जैसे बड़ी होती जा रही है, वैसे ही वैसे उसकी आवश्यकताओं और इच्छाओं में भी परिवर्तन होता जा रहा है। अब वह केवल अपनी गुड़ियों के खेल में ही निमग्न नहीं रहती। अब उसे केवल लेमन डाप्स लेकर ही सन्तोष नहीं होता। उसका मन तो अब नेकलेस और इयरिंग्स भी जा उलझता है, और वह अब नये डिजाइन की साड़ी और नये रंग की चूड़ियों की चिन्ता भी करने लगी है। तो भी बाल-सुलभ कोमलता, भोलापन और चंचलता की झलक उसके मुँह पर अभी तक स्पष्ट दिखाई देती है। इस समय बाल रवि की किरणें भी मानो इधर-उधर से लुक-छिपकर उसके सुन्दर चेहरे के साथ खेलना चाह रही थीं। पीठ पर लहराते हुए स्वच्छ और लम्बे केशों तथा श्रान्तिजनित मुँह पर की गुलाबी रंगत ने मानो उसे फुलवाड़ी का एक अधखिला फूल ही बना दिया था। सचमुच वसन्त का यह शैशव था।

दूसरी ओर युवती रामकली के अंग-अंग से प्रगल्भ यौवन का उन्माद फूट रहा था। उसकी बड़ी-बड़ी और काली आँखों में मानो वसन्त की समस्त मादकता भरी पड़ी थी। उसके उभरे हुए कपोल लज्जा की लाली लिये हुए थे। वह अपने बदन की सुडौलता के कारण ही साँवले रंग में भी आकर्षक प्रतीत होती थी। बालिका शोभा के साथ उसका इधर-उधर दौड़ लगाना इस तरह जान पड़ता था, जैसे गुलाब का एक खिला हुआ बड़ा-सा फूल एक अधखिली कली को साथ लिये पवन में हिलोरें ले रहा हो।

मैं फुलवाड़ी के फूलों और मानव जगत के पुष्पों की तुलना में ही मग्न थी कि पीछे से शोभा ने मेरा पल्ला खींचते हुए कहा, "माँ जी, देखिए, मैं आपका कितना काम करती हूँ। अभी-अभी रामकली से आपकी साड़ी रँगवाकर लायी हूँ।"

अच्छा, यह बात है! मैंने पहले ही भाँप लिया था कि शोभारानी कोई फरमाइश लेकर आयी होंगी।

"तू आप ही निकालकर ले गयी थी? कहाँ है वह साड़ी?"

शोभा ने फरमाइश की, "माँ जी, रामकली कहती है, आज वसन्त है। उसने नयी चूड़ियाँ भी पहनी हैं और नये कपड़े भी। वैसी ही चूड़ियाँ मुझे भी ले दो।"

"पगली! तुझे सवेरे-सवेरे चूड़ियों का खब्त सवार हो जाता है। बस, सारे दिन के लिए रामकली से ही दोस्ती बना ली है। ला, साड़ी तो दिखा।"

"आप वैसी चूड़ियाँ ले देंगी, तभी दूँगी।"

नटखट लड़की साड़ी लेकर इधर-उधर भागने लगी।

"अच्छा भाई, ले दूँगी चूड़ियाँ। साड़ी तो दे न।"

बालिका के हाथ में फूले सरसों के रंग की मलमल की बारीक साड़ी देखकर मेरा हृदय उछल पड़ा। एक सोयी हुई तरंग जाग-सी उठी। शोभा से साड़ी लेकर मैंने उसे बड़े स्नेहपूर्वक चूड़ियाँ ले देने का वचन दिया और कहा, "तुम चन्द्र के साथ जाकर नीचे चाय पीओ, मैं भी अभी साड़ी पहनकर आती हूँ।"

करीब पन्द्रह वर्षों से लगातार गृहस्थी के धन्धों में जुते रहने के कारण मुझमें साज-सजावट की हवस और नये-नये वस्त्र-आभूषण पहनने का शौक बहुत कम बाकी बच रहा है; परन्तु आज इस वसन्ती साड़ी को पहनकर मैं मानो सोलह वर्षों का लम्बा व्यवधान भूलकर अपने नवयौवन के प्रारम्भिक दिनों में जा पहुँची। उमंगों का तूफान जोरों से बहने लगा। मैंने काले सन्दूक में से हरे मखमल का डिब्बा निकाला और सब पुराने और नये ढंग के जड़ाऊ आभूषण पहनने शुरू कर दिये। सोने, मोती, हीरे, पन्ने की हरित, पीत और श्वेत झलक से कमरा आलोकित हो उठा। इतनी जगमगाहट देख मैं गर्वित हो, स्वयं अपनी ही रूप-राशि को परखने के लिए, सिंगार की बड़ी अलमारी के फुल साइज के शीशे के सामने जा खड़ी हुई, किन्तु सत्य के पक्षपाती इस दर्पण ने मेरे हृदय में एकबारगी उथल-पुथल-सी मचा दी। मेरा जी सहसा खिन्न हो गया।

श्वेतकमलतुल्य हाथों में सच्चे मोतियों के श्वेत लच्छे खूब खिल रहे थे; पर साथ ही साथ उन पर नीली रेखाएँ-सी भी खिंच गयी थीं!

गले में चन्द्रहार वैसा ही शोभा दे रहा था; परन्तु उसके निकट की दो उभरी हुई हड्डियों ने मुझे एकबारगी उद्विग्न कर दिया।

बड़े यत्न से सँवारे गये केशों में भी मुझे दो-चार मनहूस सफेद बाल दिखाई दे गये। नाक की दोनों ओर चश्मे के निशान देखकर मैं अभी विचलित हुई ही थी कि दोनों आँखों के नीचे काली-काली खाइयों पर मेरी निगाह जा पड़ी!

मैं भयभीत हो उठी। मुझे अपनी अवस्था सामने फलों की सुन्दर तश्तरी में रखे गये उस काश्मीरी सेब के समान जान पड़ी जो वहाँ करीब दो सप्ताह से पड़ा रह गया था और जिसकी गुलाबी रंगत क्रमशः सिकुड़न में विलीन होती जा रही थी।

इन गड्ढ़ों, खाइयों और नीली रेखाओं को एक साथ देख मैं अधीर हो उठी और अकस्मात् चौंक पड़ी, "ओह! आज वसन्त है या पतझड़?"

मेरा क्षण भर का उन्माद उतर गया। अब मुझे साफ दिखाई दे रहा था कि निष्ठुर काल अपनी तीव्र और अदृश्य गति के अमिट चिह्नों की छाप मेरे इस लाड़-प्यार से पाले गये शरीर पर लगाता चला जा रहा है। श्वास-प्रश्वास की इस प्रगति में, रवि-शशि की इस आँख-मिचौनी में और दिन-रात की इस हेराफेरी में मेरा यौवन-वसन्त बिखरा पड़ा था।

ओ स्वयं पूर्ण-स्थिर, अविचल महाशक्ति! तुझे अपनी इस सुन्दर सृष्टि को क्रमशः विकसित करके पुनः शून्य में समेट लेने की इतनी उत्सुकता क्यों बनी रहती है? तेरे शासन में इतनी अस्थिरता, इतनी कठोरता और इतना परिवर्तन क्यों है?

दिन काफी चढ़ आया था। और तब मुझे बड़ी झेंप-सी मालूम हुई जब मैंने शोभा और चन्द्र को दरवाजे के बाहर खड़े होकर हँसते हुए सुना। मानो वे दोनों मुझे कार्टून-सा बना देखकर हँसी के फौवारे छोड़ रहे हों।

(कलकत्ता, 1936)

दो फूल

"अन्ना जी! केशी भैया! जरा बाहर आना। बड़ी अच्छी बात है।" इस पर भी जब मेरे और केशी में से कोई बाहर नहीं आया तो अगले ही क्षण फिर से आवाज आयी, "जल्दी करो न केशी भैया! तुम तो उठते ही नहीं। बाहर देखो तो सही, कितनी अच्छी बात है।" मुझे ऐसा प्रतीत हुआ, जैसे कपिला की यह पतली, चीखती हुई, हाँफती-सी पुकार समाप्त ही न होगी।

केशव को जगाना कोई आसान काम नहीं। जितनी बार मुझे बच्चों के कमरे में से होकर जाना पड़ता है, उतनी ही बार "केशवजी, उठो! केशवजी, उठो!" की रट लगाये रहती हूँ, और उस पर भी केशीजी उठने का नाम नहीं लेते; लेकिन कपिला की इस 'अच्छी बात' की उत्सुकता ने उसे पलँग पर और अधिक न लेटने दिया। फौरन उठकर एक ही छलाँग में, सामने वाले पलँग को पार करता हुआ, वह बरामदे में जा पहुँचा, मगर कपिला की पुकार अभी तक समाप्त नहीं हुई थी। वह चिल्लाये जा रही थी, "अन्नाजी, अन्नाजी बाहर आओ, बड़ी अच्छी बात है।"

आज पहले ही बड़ी देर हो गयी थी। अभी तक बच्चों का दूध भी गर्म नहीं हुआ था। थोड़ी देर में इन लोगों के स्कूल जाने का समय हो जायेगा। ये तो बिना मतलब ही 'अन्नाजी, अन्नाजी!' चिल्लाये जायँगे। जल्दी-जल्दी नहा-धो लूँ, तो इनके खाने-पीने का बन्दोबस्त करूँ। यह सोचकर मैंने खूँटी से तौलिया और सामने की ड्रेसिंग टेबिल से टूथपेस्ट ब्रश उठाया ही था कि इतने में मुझे कपिला के साथ-साथ छोटे मियाँ (सुभाष उर्फ भाषी साहब) की भी तुतली-सी आवाज सुनाई देने लगी, "अन्नाजी, अन्नाजी!"

अब तो मुझे बच्चों का फरमान मानना ही पड़ा। तौलिया कन्धे पर डाल और साबुन-टूथपेस्ट वहीं मेज़ पर फेंककर मुझे उस ओर जाना ही पड़ा।

बच्चों के कमरे के सामने ही खुला बरामदा है। कमरे में से गुजरते हुए मैंने झुँझलाकर कहा, "कपिला क्या बात है? आज कुछ काम नहीं करने दोगी? इस तरह चिल्ला क्यों रही हो?"

कपिला और केशी दोनों एक स्वर से बोल उठे, "अन्नाजी, आकर देखो तो सही। उस दिन गमले में गुलाब का जो पेड़ लगाया था उससे फूल निकलने वाला है। देखिए न उसका गुलाबी-गुलाबी रंग भी दिखाई देने लगा है।"

मैंने देखा, सचमुच ही चीनी के उस बेल-बूटों वाले गमले में, हरी-हरी पत्तियों के घने झुरमुट के भीतर, काँटेदार टहनी के साथ दो कलियाँ दिखाई दे रही हैं। एक तो अभी बिल्कुल बन्द थी और दूसरी साफ गुलाबी रंगत लिये, अधखिली मुस्करा-सी रही थी मानो बच्चों से इस तरह अपना स्वागत पाकर खुश हो उठी हो।

दूसरे दिन सुबह फिर से वही सब बातें दोहरायी गयीं। कपिला चिल्लायी, "अन्नाजी, बड़ी अच्छी हो, जरा बाहर चलकर देखो तो, सारा फूल खिल गया है। कैसा सुन्दर है।"

इसी वक्त मानो अपने जिस्म का छोटा-सा इंजन ड्राइव करते हुए भाषी साहब भी अन्दर आ पहुँचे। उन्होंने कहा, "बला छुन्दल है, अन्नाजी!"

उस 'छुन्दल' फूल को देखने की उत्सुकता आज स्वयं मेरे जी में भी थी। सीना-पिरोना बीच में फेंककर एक ही छलाँग में बरामदे तक जा पहुँची और उस गमले की ओर देखा, तो हृदय नाच उठा। दोनों फूल पूरी गुलाबी रंगत लिये भीनी-भीनी महक के साथ यौवन के उन्माद में हिलोरें ले रहे थे। उन दोनों में आज अजीब मोहिनी मस्ती थी। उनमें वह मद दिखाई दे रहा था, जिसके नशे में नवयुवक-हृदय अपना अस्तित्व भी भूल बैठते हैं।

पहाड़ों पर अथवा हरे-भरे मैदानों में रहने वाले लोगों को दो फूलों की यह कथा शायद बिल्कुल निराश ही कर दे; परन्तु, कलकत्ते की चित्तरंजन एवेन्यू के पक्के 'बिजिनेस सेंटर' में ईंट-पत्थर और सुर्खी से बने ठोस मकान के बरामदे में इस सुन्दर गमले के इन दो फूलों की कीमत मेरे लिए सचमुच किसी बाग से कम नहीं थी। मुझे ऐसा अनुभव हुआ, जैसे मेरे घर में आज प्रकृति-माता का आगमन हुआ हो। बच्चे भी आज कितने खुश हैं।

फूलों से बच्चों को बड़ा प्रेम होता है, परन्तु छोटे मियाँ जैसे शरारती

बच्चे तो इसे तोड़े-मरोड़े बिना कैसे रह सकेंगे। यह सोचकर मैंने वह गमला पास की एक बड़ी मेज पर रखने का निश्चय कर लिया। इस इरादे से मैंने अभी वह गमला उठाया ही था कि सहसा हाथ बढ़ाकर भाषी ने एक फूल बड़ी निर्दयता के साथ तोड़ लिया। मैं बौखला गयी; मगर मेरा क्रोध व्यर्थ था, क्योंकि वह भाषी की आन्तरिक निष्पाप खुशी तक पहुँच ही न सकता था।

अब तो पिछले तीन दिनों से मैं बच्चों के बुलाये बिना ही प्रातःकाल सबसे पहले उसी गमले के पास चली जाती हूँ। आज चौथा दिन है। मैंने देखा, आज उस अकेले फूल का बुढ़ापा भी समाप्त होता हुआ दिखाई दे रहा है। सब पत्तियाँ एक-एक करके झड़ती जा रही थीं। फूल की युवावस्था के अवशेषों के रूप में गुलाबी रंग की मुर्झायी-सी पंखुड़ियाँ अब भी गमले की सतह पर बिखरी पड़ी थीं। फूल की वह सारी शोभा इन तीन ही दिनों में नष्ट हो चुकी थी। उफ़, उसका सारा जीवन ही चार दिनों का था। इन्हीं चार दिनों में वह नवविकसित कलिका बनी, जिसके सामने एक सुनहला आशामय भविष्य था। इन्हीं चार दिनों में उसने यौवन-मद की हिलोरें खायीं, जब उसके समान सुन्दर संसार-भर में और कुछ भी न रहा होगा, और अब इन्हीं चार दिनों में वह इतिहास की चीज बन गया-सा दिखाई देता है।

ओह, मैंने तुझे अपने भाषी से बचाया था; मगर फिर भी मैं महाकाल से तेरी रक्षा नहीं कर पायी! एक क्षण तक बड़े गम्भीर भाव से मैंने उस मुरझाये गुलाब के फूल की ओर देखा। उसके बाद मेरे शरीर में कँपकँपी-सी दौड़ गयी। मानो वह मुझसे कह रहा था, "क्या तुम्हारे मानव-जीवन का इतिहास भी मेरे समान नहीं है?"

कपिला बिसतरे से उठी और सीधी मेरे पास बरामदे में आकर खड़ी हो गयी। गमले के निकट पहुँचकर वह कुछ कहने ही वाली थी कि उस मुरझाये हुए फूल पर निगाह पड़ते ही वह स्वयं चुप रह गयी। मानो वह छै साल की जरा-सी बच्ची जीवन की किसी बड़ी उलझन को सुलझाने का प्रयत्न कर रही हो।

(लाहौर, 1935)

कब्रिस्तान में

रजिस्टर के पन्ने दो बार, शुरू से आखिर तक उलट-पुलटकर सफेद दाढ़ीवाले बूढ़े माली जार्ज ने अस्वीकृतिसूचक सिर हिलाते हुए उत्तर दिया, "चार्ल्स नाम का कोई भी व्यक्ति पिछले बारह महीनों में इस पैसेनडेल कब्रिस्तान में नहीं दफनाया गया है," तो लोहे के बड़े फाटक के सहारे खड़ी युवती स्टैला का मुख तुरन्त सफेद पड़ गया।

करीब दस मिनट तक संज्ञाहीन-सी टूटी लता की भाँति फाटक के जँगले के साथ ही वह चिपटी रही; किन्तु एकाएक उसके निश्चेष्ट मस्तिष्क में क्या आया?—उस मीलों लम्बी विस्तृत भूमि के बीचों-बीच जहाँ दिन-रात प्रलय का-सा भयावना सन्नाटा छाया रहता है, निर्भयतापूर्वक तेजी से कदम बढ़ाते हुए वह घुस गयी। प्रत्येक कब्र पर के शिला-लेख की ओर एक भेद-भरी दृष्टि डालते हुए वह आगे बढ़ने लगी। उसे अभी तक यह सम्भावना थी कि माली की किताब में भूल से चार्ल्स का नाम दर्ज होने से रह गया है।

स्टैला को बिल्कुल अकेले कब्रिस्तान की भीतरी चारदीवारी में इधर-उधर अकुलाते देख-भटकते हुए बूढ़े जार्ज का हृदय भी उस बीस-पचीस वर्ष की कच्ची काली-सी अल्हड़ युवती के प्रति पसीज उठा। उसे स्मरण हो आया कि पिछले कई वर्षों से लगातार सुन्दर घुँघराले बालों वाली यह रमणी एक भूरी आँखों वाले बलिष्ठ युवक के साथ किसी बन्धु की समाधि पर फूल चढ़ाने आया करती थी।

नवयुवक के बारे में जार्ज ने जो कुछ कल्पना की, वह यूरोपीय महायुद्ध के उन विनाशकारी दिनों में कोई असाधारण बात न थी। पोलेगोन का हरा-भरा फलों-फूलों से लदा जंगल उसके सामने ही काट-छाँटकर कई कब्रिस्तानों के रूप में बनाया गया था। फ्लैण्डर्स की विगत घनघोर लड़ाई में काम आये हुए हजारों लहूलुहान योद्धाओं को तो वह अपने हाथों ही दफना चुका है; हजारों माताओं, बहनों और

विधवाओं को अपने पति, पुत्रों और भाइयों की समाधियों पर बिलखते देखने का मानो वह अभ्यस्त हो गया है।

तो भी बूढ़े माली के मन में हो आया, क्यों न वह स्टैला के पास जाकर उसकी इस व्यर्थ की छान-बीन पर खेद प्रकाशित करे? किन्तु गुलाब के लाल फूलों तथा भाँति-भाँति की नीली-पीली बेल-पत्तियों से मानव-देहों को प्रतिदिन ढकने वाले पैसेनडेल कब्रिस्तान के प्रत्येक माली पर यह प्रतिबन्ध लगाया गया है कि वह किसी भी दर्शक को, स्त्री हो या पुरुष, इस विस्तृत चारदीवारी के भीतर नितान्त खुला छोड़ दे, जिससे आगन्तुक व्यक्ति को अपने मृत बन्धुओं के प्रति भाव प्रदर्शन करने में किसी प्रकार की असुविधा न हो।

2

वसन्त की एक सुहावनी दुपहरिया के समय चार्ल्स और स्टैला ने जब परस्पर एक दूसरे को भावी जीवन-संगी चुना था तब विवाह के उपरान्त समस्त यूरोप के प्राकृतिक दृश्यों के भ्रमण आदि की न जाने कितनी बड़ी-बड़ी योजनाएँ बना डाली थीं उन्होंने वहीं टेम्स नदी के किनारे बैठे-बैठे एक ही घड़ी में!

तभी समस्त यूरोप के शासक-वर्ग में भीतर ही भीतर नर-संहारी काण्ड की जो भीषण खूनी प्यास खौल रही थी उससे सर्वथा अपरिचित सुकुमार हरिण-सी यह जोड़ी पीठ पर झोला लादे इंग्लैंड के वन-उपवनों में एक साथ फूल-पत्तियाँ बटोरती रहती। ऐसा कोई झंझावात, कोई तूफान अकस्मात् आ घिरेगा जो इन एक डंठल में गुँथे दो पुष्पों को जहाँ तहाँ झटक-पटक देगा, यह प्रणय-रस में विभोर स्टैला और चार्ल्स नहीं जानते थे।

इन दोनों के विवाह की तिथि गत क्रिसमस से पूर्व नवम्बर मास में निश्चित हुई थी। सहसा स्टैला के मधुर स्वप्नों पर तुषारारपात हो गया, उसका नन्हा-सा कोमल हृदय छिन्न-भिन्न हो गया।—बारह मास पूर्व आज के ही दिन से चार्ल्स का कुछ पता न था।

स्टैला और उसके कई-एक बन्धुओं के प्रायः सभी विशेष सरकारी दफ्तरों में अच्छी तरह जाँच करने पर भी जब यही निराशापूर्ण उत्तर मिला कि चार्ल्स का क्या हुआ, पता नहीं चलता, तो अभागी युवती को विवश होकर स्वीकार करना ही पड़ा कि उसका प्रियतम,—उसका प्यारा चार्ल्स युद्ध में वीर गति को प्राप्त हुआ है।

3

अन्तस्तल में दहकती ज्वाला की लपटें और ऊपर से जुलाई मास की दोपहरी की तीक्ष्ण धूप से कोमलांगी स्टैला का तन-बदन पिघलने-सा लगा। पसीने से तर शिलालेखों, संगमरमर निर्मित समाधियों को देखती-खोजती वह न जाने बाग के किस छोर तक पहुँच गयी; किन्तु कहीं भी, किसी भी शिला पर चार्ल्स का नाम नहीं।

हा! आज आँसू बहाने के लिए भी वह प्रिय के मजार को न पा सकी। स्टैला रेत पर पड़ी मछली की भाँति तिलमिला उठी—चार्ल्स! चार्ल्स! उसकी व्यथा-भरी चीखों की प्रतिध्वनि की, उन अनेकों सुरक्षित हड्डियों के ढेरों ने।

दुःख की पराकाष्ठा में भी मनुष्य की अन्तरात्मा उसे सर्वदा विश्राम की ओर, —शान्ति की ओर ही प्रेरित करती है। गर्मी तथा शोक से सन्तप्त विह्वल स्टैला तनिक कब्रिस्तान की पार्श्ववर्ती सीमा के एक ओर हरी-घनी झाड़ी के समीप जा पहुँची। शीतल वायु के एक झोंके ने जैसे उसके दुख के प्रबल वेग में क्षणिक बाँध-सा लगा दिया। माथे का पसीना पोंछकर वह ज्यों ही खड़ी हुई, उसकी दृष्टि उसी झाड़ी के ऐन नीचे की कब्र पर के शिलालेख पर जा पड़ी जो साधारण लाल ईंटों से बनी थी।

"महासमर (फ्लैण्डर्स) में वीर-गति को प्राप्त हुए एक अज्ञात युवक सैनिक की स्मृति में।"

इसी वर्ष! बिना नाम का युवक सैनिक और कौन हो सकता है? स्टैला बरबस उन लाल पत्थरों से चिपट गयी। रोते-रोते उसका वक्षस्थल भीग उठा।

4

स्टैला का जीवन अब एक सती-साध्वी नारी का एकरस जीवन था जिसे शीत की मधुरता, वसन्त का सौरभ और ग्रीष्म की मनोहारिणी सन्ध्या नहीं सुहाती। सैकड़ों लम्बी-लम्बी रातें तारे गिनते, अनेकों लम्बे-लम्बे दिवस निःश्वास भरते लंडन नगर के एक कोने में चुपचाप कट जाते, किन्तु जुलाई मास के प्रारम्भ में ही न जाने कहाँ से एक अद्भुत शक्ति-सी उस भग्न-हृदया में संचारित हो उठती।

इंग्लिश चैलेन को पार कर प्रतिवर्ष 15 जुलाई के दिन स्टैला शुभ्र वस्त्र धारण किये अपने इच्छित स्थान पर सवेरे ही जा पहुँचती। पैसेनडेल ही अब स्टैला की दृष्टि में सबसे बड़ा तीर्थ-स्थान था।

सारा दिन उस लाल ईंटों से बनी कब्र के सिरहाने गुजारती; भाँति-भाँति के गुलदस्तों से उसे सजाती, परिक्रमा करती और फिर बैठकर पुरानी स्मृतियों को स्वयं ही दुहराती। उस घड़ी चार्ल्स मानो स्टैला के सम्मुख जीवित हो उठता। उसके इस कोमल स्पर्श को पाकर वह जड़ समाधि भी न जाने कितनी पुलकित होती।

साँझ होने को आती। सूर्य की अन्तिम किरणें बेल-पत्तियों-फूलों पर चमकने लगतीं तो स्टैला चौंक पड़ती; सजल नयनों से वह अन्तिम बार समाधि की ओर देखते हुए एक करुण गान गाकर विदा लेती जिसका भावार्थ कवि के शब्दों में निम्नलिखित है–

अब छलकत दिन-रैना सजनी!
कासों बिथा कहिए मोरी सजनी!
जल बरसे हिय-आग बुझे ना
अब सपना-सी भई खेलत उलट दई।

विरहिणी की दशा पर बूढ़े माली जार्ज की आँखों से भी दो आँसू ढुलक जाते।

5

पूरे पाँच वर्ष बीत गये।

इस बार स्टैला ने जी खोलकर श्वेत कमल और लिली (नर्गिस) के फूल मँगाये। 14 जुलाई का सारा दिन वह बड़े परिश्रम से कमल फूलों के चक्र तथा लिली के गुलदस्ते बनाने में लवलीन रही।

सन्ध्या को बिजली के प्रकाश में अगले दिन प्रातः पहनकर जाने वाली पोशाक पर स्टैला इस्त्री कर रही थी, इसी समय पड़ोस का लड़का विली एक पीले रंग का लम्बा-सा लिफाफा फेंककर भाग गया। "मिस स्टैला विन्डसन"....

"नहीं! नहीं! यह कभी नहीं। यह कैसे हो सकता है?" स्टैला चीखती हुई उन श्वेत कोमल पुष्पों पर मूर्च्छित हो गिर पड़ी। और फूल मानो शर्मिन्दा होकर जहाँ-तहाँ कमरे में बिखर गये।

यह एक विश्वस्त सरकारी सूचना थी कि चार्ल्स जीवित है। महायुद्ध में एक भयंकर आघात लगने पर उसकी स्मरण-शक्ति विनष्ट हो गयी थी। इसके बाद वह आस्ट्रेलिया भेज दिया गया। चार वर्ष बाद अब उसे लंडन के मेण्टल हास्पिटल में इलाज के लिए भेजा गया और कुछ ही मास पूर्व उसका आपरेशन हुआ है जिससे चार्ल्स की स्मरण-शक्ति पुनः लौट आयी है।

यद्यपि अभी वह दुर्बल है, किन्तु स्टैला की याद दिन-रात बराबर किया करता है।

6

माली जार्ज एक दिन आश्चर्यान्वित हो, भयभीत-सा हो उठा, मानो वह कोई स्वप्न अथवा भूत-प्रेतों का खेल देख रहा हो।

गर्म वस्त्रों में लिपट वही प्रेमी-युगल फूल लिये फाटक के बाहर खड़े थे, किन्तु आज स्त्री के मुख पर झुर्रियाँ और पुरुष के बालों में सफेदी आ गयी थी।

× × ×

सदी की भाँति स्टैला और चार्ल्स प्रतिवर्ष अपने बन्धु की समाधि पर स्नेहांजलि प्रदर्शित करने जाते हैं; किन्तु उस बेनाम कब्र के चारों ओर कोई नहीं मँडराता,—फूल चढ़ाने कोई भी नहीं आता।

(कलकत्ता, 1937)

बेकारी में

पूरा एक वर्ष!

एक वर्ष से मैं बेकार घर बैठा हूँ। सिर पर पाँच-पाँच बच्चों की पढ़ाई-लिखाई, रोटी-पानी का खर्च—कब तक वह बची-बचाई जमा पूँजी चलेगी!

ओफ! कभी-कभी तो अत्यन्त निराश हो उठता हूँ। जीवन से ऊबने पर कितने ही बुरे विचार आने लगते हैं, किन्तु बच्चों और स्त्री की निस्सहाय अवस्था का ध्यान करके रुक जाता हूँ।

× × ×

कल दोपहर को, 'मार्टन कम्पनी' से एक चिट्ठी भी आ गयी कि दो मास बाद आपके प्रार्थना-पत्र पर ध्यान दिया जायगा।

मन ही मन पी गया। क्या मुँह लेकर बच्चों की माँ के पास जाऊँ? वह देखते ही प्रश्न करेगी, बच्चे दौड़े आवेंगे और उनके नन्हे दिल टूट जावेंगे। मैंने जो उन्हें कब से बंगला, मोटर आदि की आशा बँधा रखी है!

चिट्ठी जेब में रख सीधा बाथ-रूम में जा पहुँचा, और वहाँ फूट-फूटकर रोया अपने भाग्य पर। मुझे वह दिन याद आये जब आफिस में कुर्सी पर बैठे चपरासियों और क्लर्कों पर हुकूमत चलाता, घर में नित्य मिठाई-फलों के टोकरों की धूम रहा करती! क्या वे दिन अब नहीं आने के? जी चाहता था, अपने कलेजे का दर्द, अपना रुदन सारे विश्व में फैला दूँ—मुझ-सा कौन दुखी है जगत में?

× × ×

शायद आध घंटा बीत चुका, जब मैंने बाहर निकलकर अपनी सूजी हुई आँखों से देखा, जल्लो मेहतरानी अपनी गोद के बच्चे को वहीं जमीन पर बैठाकर मैला साफ करने जा रही है। जाने क्यों मैं अपने से झेंप-सा गया और अनायास ही रूमाल से मुँह पोंछते हुए पूछ बैठा, "जल्लो, तनखाह मिल गयी?"

उसके हाथ में चमकता हुआ एक रुपया था जिसको दस बार माथे से छुआकर कहा, "जीते रहो बाबूजी,—बच्चे बने रहें बाबूजी!"

उस घड़ी मुझे उससे बातें करना सुहाने लगा। मैंने फिर पूछा, "कितने रुपये हो जाते होंगे?"

"भगवान् बनाये रखे बाबूजी! छह-सात रुपये बन ही जाते हैं बाबूजी, और कुछ कपड़े-लत्ते...माँजी बहुत परवरिश करती हैं। अब यह बात है बाबूजी, गरीब मानस कभी राँधें, कभी न राँधें।"—उसने ऊपर निगाह करके कहा। तभी मैंने देखा, जल्लो की दोनों आँखों में बदबू के मारे फुन्सियाँ निकल रही हैं।

मैंने एक बार पुनः सिर से पैर तक उस मलिनता की पुतली को देखा—अत्यन्त मैली ओढ़नी से एका जिस्म और जगह-जगह से फटी सलवार को पतली रस्सी से कसकर बँधी टाँगे!

एक हाथ से झाड़ू पकड़े वह कहती गयी, "दो पैसे रोज के पड़े बाबूजी, कोठड़ी का भाड़ा दो रुपया और बाकी बनिया के देने में कट जाते हैं। बनिया का सौ रुपया देना है। मेरे मालिक ने दो भैंसे खरीदे थे मैलेवाली गाड़ी में जोतने को, सो दोनों मर गये। कुछ परके साल बच्चों की बीमारी में खर्च हो गये बाबूजी, बड़े बच्चे दोनों मर गये।"

लापरवाही के साथ वह एक साँस में ही सब कह गयी और पुनः घूँघट नीचा करके उसी एक रुपये को बच्चे के माथे से लगा, हजारों दुआएँ देती, काम में लग गयी।

मेरे शोकाकुल नेत्रों में उसकी जीवन-गाथा समा गयी और आँसुओं का बाँध फिर एकबारगी टूट पड़ा। भगवान्! सहिष्णुता और सब्र का गठ-बन्धन तुमने दरिद्रता के साथ ही जोड़ रखा है क्या?

(मेरठ, 1938)

हसन

एक युग-सा बीत गया, जब बालक हसन रोहती के इर्द-गिर्द चक्का काटता फिरता और नाज से भरपूर ऊखल और छाज में मुट्ठियाँ भर-भरकर मिट्टी और कंकड़ डालकर व्यर्थ ही माँ को परेशान किया करता। वे दिन भी तो न जाने किस अदृश्य पर्दे में छिप गये, जब हसन गाँव के आवारा लड़कों के संग दिन-भर निठल्ला-सा घूमा करता। शहतूत और गिलास के पेड़ों पर हर घड़ी लटके रहना और बार-बार धड़ाम से नदी के शान्त जल में कूद पड़ना! बस, केवल यही उसकी दिनचर्या थी, भले ही क्यों न उसके पीछे-पीछे रोहती 'हसन-हसन' कहकर चिल्लाती फिरे।

सचमुच उसके बाद तो हसन बहुत ही बिगड़ गया था। शीतकाल आने से कुछ पहले जब उसकी माँ, बहन, भौजाई आदि सब धान समेटने, सूखे पत्ते और गोबर इकठ्ठा करने में लगी होतीं, तो बेहया हसन उस समय केसर के नीले-पीले सुरभित खेतों के समीप अपने बेकार दोस्तों की टोली में बैठा ताश खेलता होता, अथवा कभी अपनी छोटी भतीजी आशी को पीठ पर लादे मस्त घूमता रहता।

आखिर कब तक रोहती यह सहन करती कि उसका एक बेटा तो बूढ़े बाप के साथ खेती-बारी में पसीना बहाकर काम करे और दूसरा घर बैठा मौज उड़ाये। भला, वह कब तक अपने बीस वर्ष के जवान बेटे को साँड़-सा निकम्मा घूमने देती और कितने दिनों तक उसके इन अपराधों को बचपन की गुस्ताखी समझकर क्षम्य मानती रहती। घर के दूसरे लोग हसन की करतूतों पर विशेष ध्यान न देते थे, क्योंकि रोहती खुद ही अपने बेटे के निकम्मेपन से शर्मिन्दा होकर उसे आवश्यकता से अधिक डाँट-फटकार बतलाती रहती थी। कभी-कभी तो छड़ी से पीटने तक की भी नौबत आ चुकी थी।

जब वही निम्मा हसन एक शान्त प्रभात वेला में एकाएक केवल

एक कम्बल साथ लेकर काम करने के इरादे से सचमुच ही घर से चल दिया, तो उसकी माँ संज्ञाहीन-सी हो गयी और भीतर ही भीतर उसका कलेजा काँप उठा। इस बीच में कितने ही सुहावने वसन्त आये, लाल-पीले और सफेद फूलों से झरते पेड़ों-तले सारे गाँव ने मंगलोत्सव मनाये। गर्मी के दिनों में जब हसन की उम्र के नटखट बच्चे फलों के बोझ से झुके हुए वृक्षों पर ऊधम मचाते अथवा नदी के शीतल जल में छपाछप छपाछप कोलाहल करते या पतझड़ के दिनों में जब भारी-भारी चूड़ियों की झनकार के साथ सुर मिलाकर धान कूटती हुई ग्राम-वधुओं के आसपास उनके बालक मुर्गी के बच्चों के साथ क्रीड़ा कर रहे होते, तो एक टूटी-फूटी चटाई पर नाज की रखवाली करती हुई हसन की माँ उनींदी-सी दशा में अनेक स्वप्न देखा करती। रह-रहकर हसन की वे शरारतें, उनपर उसका वह गाली-गलौज, वह मार-पीट—ये सब स्मृतियाँ उसके हृदय को चलनी बनाया करतीं। वियोग की घड़ियों ने हसन को माँ की दृष्टि में इतना अधिक प्रिय बना दिया कि वह नित्य ही सामने के धूलि-धूसरित पथ पर अपने प्रवासी बेटे की बाट जोहा करती—एक बार! केवल एक बार यदि उसका बच्चा घर आ जाता।

यह संसार दूर से इतना सुहावना, इतना कोमल और इतना सरस क्यों जान पड़ता है? जो नहीं है, उसे ही पाने की प्रबल आकांक्षा मनुष्य को हर घड़ी क्यों घेरे रहती है? मानव की यह मृगतृष्णा क्या दयनीय नहीं है?

2

ऊँचे-नीचे अनेक बीहड़ जंगलों को पार करती हुई मोटर बस किसी असीम अजगर के समान लेटी हुई जम्मू-काश्मीर-वेली रोड पर भागी चली जा रही है। घनघोर गर्जन करती हुई बर्फीली नदी चन्द्रभागा के आरपार दोनों ओर ऊँची-ऊँची निस्तब्ध पर्वतश्रेणियाँ फैली हुई हैं जिनका मानो न कहीं आदि है, न अन्त। ये पर्वत-श्रेणियाँ इस समय ग्रीष्म-ऋतु की तीक्ष्ण धूप से तप रही हैं। मीलों तक जो गहरा सन्नाटा छाया रहता है, उसके बाद कभी पहाड़ी चरवाहे, कोई राहगीर अथवा किसी जंगली पशु-पक्षी की छाया-सी नजर आती है, या कभी घंटों के पीछे इधर-उधर से कोई दूसरी गाड़ी धूल के अम्बार उड़ाती भों-भों करती निकल जाती है। पेट्रोल की गन्ध, स्थान की कमी और दोपहरी की गर्मी के मारे पिछली सीटों के व्याकुल यात्री ऊँघ-ऊँघकर एक-दूसरे के कन्धों पर गिर रहे हैं।

एक ही झपक में हसन को ऐसा प्रतीत हुआ, मानो वह पुनः लाहौर की दुकान पर बैठा लोहा तोल रहा है, गर्म लू की लपटें उसके समस्त शरीर को झुलसा रही हैं, प्यास के मारे गला सूखा जा रहा है और उधर से मालिक आवाजें दे रहे हैं, "ओ हसन! जाओ स्टेशन पर, माल आया है, बिल्टी छुड़ा लाओ!"...साँझ होने को है, दुकान के अन्य नौकर-चाकर प्रसन्नचित्त, लम्बे-लम्बे डग भरते, सड़क के जन-समूह को चीरकर उतावलेपन से अपने घरों की ओर बढ़े जा रहे हैं। और हसन! उसे छुट्टी कहाँ है। उसे तो अभी मालिक के घर जाकर गौओं का चारा तैयार करना है, मकान की सफाई करनी है, और भी न जाने क्या क्या करना है। हसन नींद में बड़बड़ा उठा, "या खुदा! रहम कर!" इसी समय एक झटके से अचानक उसकी आँख खुली, तो उसे यह जानकर परम सन्तोष हुआ कि वह सब एक स्वप्न ही था। वास्तव में बात यह थी कि मुसाफिर लोग ड्राइवर को मोटर की छत पर मछलियों की पेटी लाद लेने पर बुरा-भला कह रहे थे। किन्तु हसन के मन में तो आज उल्लास है। बरसों के बाद घर लौटने के कारण उसका चित्त आह्लादित हो रहा है, उसे क्योंकर आज गर्मी-सर्दी, स्थानाभाव, दुर्गन्ध आदि अखरे। उसे तो यात्रियों की बौखलाहट पर आश्चर्य हो रहा है।

अनेक चक्कर काटती हुई मोटर-बस एक लम्बी सुरंग को पार करके पीरपाँचल पर्वत के उच्च शिखर पर रुकी और ठंडी हवा के झोंकों के कारण सब यात्री अपने-अपने गरम कपड़े खोज-खोजकर ऊपर लेने लगे। हसन इस अवकाश में गाड़ी के नीचे उतरकर सुरंग से कुछ ही कदम की दूरी पर खड़ा हो सामने की ओर आँखें फाड़फाड़कर देखने लगा। वह वैरीनाग, वह मार्तण्ड, वह अच्छा-बल। नील नभोमण्डल के नीचे, छोटी-छोटी पर्वतमालाओं के विस्तृत घेरे में, दूर तक फैली हुई काश्मीर की हरी-भरी घाटी, स्थान-स्थान पर दुग्ध फेन-सी धवल जल-धाराएँ फेंकते हुए झरने, नदी-नाले, कमल-दलों से पूरित सरोवर, धूप में लहलहाते हुए धान के खेत। अहा! यही है प्यारा देश! अपनी जन्मभूमि का इतना मनमोहक सौन्दर्य देख हसन मुग्ध हो उठा। इसी समय सेल्फ को दबाते हुए ड्राइवर ने एक ऊँची आवाज में कहा, "चल ओए! काशमीरिआ चलसे के नई?"

बस फिर से उसी तीव्र गति से आगे बढ़ने लगी और ज्यों-ज्यों एक-एक करके मील कटने लगे, हसन की आँखों के आगे नंगधड़ंग बच्चों का उछलना, ग्रामीण कन्याओं का गीत गाना आदि मनोमोहक

चित्र खिंचने लगे। उसका चित्त खुशी के मारे नाचने लगा। जब वह घर पहुँचा, तो पाम्पुर गाँव के लकड़ी के कच्चे मकानों की घास-फूस उगी छतों की ओट में सूर्य की अन्तिम किरणें आलोकित हो रही थीं।

× × ×

इन पाँच वर्षों के व्यवधान में इस छोटे-से गाँव की बाहरी-भीतरी अवस्थाओं में कितना भारी अन्तर हो गया है। नदी के इस पार पुल के समीप एक हिन्दू नानबाई और दो-तीन सब्जी-फरोशों की दुकानों के बदले आज एक खासा लम्बा बाजार-सा बन गया है। सड़क के आसपास उस खुले मैदान में, जहाँ आज से पाँच साल पहले ग्रामीण बच्चे अपनी भेड़बकरियों को खुला छोड़कर मस्त लोटा करते थे, आज तीन इमारतें खड़ी हैं : कचहरी, डाकघर और स्कूल।

इधर मुहल्ले में भी वह चहल-पहल नहीं रही। सुभाना और सदीका शहर में रेशमखाने के कुलियों में भरती हो गये हैं और आहधु, रमजाना, गफार आदि पिछले दिनों हैजे के आक्रमण में चल बसे हैं। यह नहीं, स्वयं हसन के पिता का देहान्त हुए भी आज दो वर्ष हो चुके हैं। उसकी गैरहाजिरी में उसकी बहन की शादी हो गयी है, और अब वह अवन्तीपुर में अपने बच्चों और पति के साथ रहती है। इधर घर की प्रत्येक वस्तु पर उसकी भौजाई का अधिकार हो गया है, और उसकी माँ को चाय की प्याली भी भौजाई की अनुमति लेकर ही मयस्सर हो सकती है। हसन की छोटी भतीजी आशी और भतीजा अहमदू इतने बड़े हो गये हैं कि अपने चचा के पास आने में भी सकुचाते हैं।

हसन ने घर आते ही यह सब देखा-सुना, तो उसका चित्त उद्विग्न-सा हो उठा। पहले ही दिन जब वह दोपहर में गाँव का चक्कर लगाने गया, तो समूचे गाँव में उसे कोई भी ऐसा हार्दिक मित्र दिखाई न पड़ा जो उसके आगमन पर आनन्दोल्लास से खिल उठता। बाज़ार के सब लोग अपने-अपने कारोबार में व्यस्त थे। लड़कों के स्कूल, कचहरी, डाकघर में एक विचित्र प्रकार की मिनमिनाहट-सी हो रही थी। लौटते समय जब वह नीले-सफेद फूलों से ढके कब्रिस्तान की ओर से गुजरा, तो उसे अपने पिता की और पुराने संगी-साथियों की याद रह-रहकर सताने लगी। हसन का सम्पूर्ण भूतकाल मानो इसी कब्रिस्तान में मिट्टी की मोटी तह के नीचे छिपा पड़ा था। जब और कहीं जी न लगा, तो व्यथितचित्त हसन फिर एक चादर ओढ़ उसी पूर्व परिचित घर में अजनबी की भाँति एक कोने में पड़ रहा।

किन्तु उसी सायंकाल को हसन ने देखा कि पूर्ण चन्द्र की ज्योत्स्ना में जहाँ-तहाँ खिली पुष्प-लताएँ, नदी का जल, उस पार के खेत सब चमक उठे हैं। पक्षियों के कलरव और ग्राम-कन्याओं के गीतों ने मिलकर चारों ओर एक जीवित गूँज-सी फैला दी है। मनचले युवक, बच्चे नदी में छलाँगें मार रहे हैं, जगह-जगह ताश और शतरंज की टोलियाँ जुटने लगी हैं। यह सब देखकर सहसा तरुण हसन का हृदय भर उठा; वह चाहे तो अब भी इस नयी दुनिया के साथ नये सिरे से अपनी जगह बना सकता है।

3

रोहती के बड़े बेटे अलिया ने साँझ को घर लौटकर अपनी स्त्री और बच्चों के सामने ही अपनी माँ को व्यंग्यपूर्वक यह सूचना दी कि हसन छुट्टी लेकर घर नहीं आया, बल्कि वह तो नौकरी छोड़कर भाग आया है। इस समाचार की सत्यता सिद्ध करते हुए जब उसने कहा कि मैं यह बात अभी-अभी सुबरा क्लीनर से सुनकर आया हूँ, तो रोहती हतप्रभ-सी होकर एकटक देखने लगी। उसकी आँखें शर्म के मारे मानो गड़-सी गयीं। इसके दूसरे ही दिन जब पड़ोसिन जैनी ने मानो सहानुभूति के शब्दों में रोहती को सुझाया कि हसन का इस तरह मुहल्ले की वधुओं और कन्याओं के पास हर घड़ी बैठे रहना उचित नहीं, मर्द बच्चे को ये बातें शोभा नहीं देतीं और जब उसी रात अहमदू ने आकर अपनी दादी से कहा कि बड़ी अम्मा, क्यों नहीं हसन काका अपना नाम सड़क मरम्मत करनेवाले या फूल चुननेवाले कुलियों में दर्ज करा लेते, तो ये सब बातें वृद्धा रोहती के अन्तस्तल में शूल की भाँति चुभ गयीं। उसके जी में हो आया—हाय! कहाँ है वह घड़ी, जिस रात एकाएक हसन ने घर आकर माँ को अचम्भित कर दिया था; और वह भीगे हुए वक्षःस्थल से, बढ़कर परिपक्व हुए उस मांस-पिंड को विलग नहीं करना चाहती थी। किस गर्व के साथ उसने न केवल घर में बल्कि गाँव-भर में यह समाचार सुनाया था कि अब उसके हसन की गिनती कोई ऐरे-गैरे व्यक्तियों में नहीं हो सकती, क्योंकि वह तो अब एक बड़े नगर में एक बड़ी दुकान का कारिन्दा है।

4

थोड़े समय के भीतर ही हसन फिर गाँव के उन छोटे नन्हे बच्चों से लेकर शतरंज खेलने वाले बड़े-बूढ़ों तक का मित्र बन गया। यही नहीं, मुहल्ले में नाई की बहू, शमशुद्दीन बढ़ई की लड़की और खैरी की माँ को यदि

बाजार से नमक-तेल से लेकर कंघी-सुरमे तक की आवश्यकता पड़ती है, तो हसन हाजिर होता है।

कच्चे-पक्के सेव, नाशपातियों, सूखे बादाम और खुरमानिओं से उसके लम्बे कुर्ते की जेबें मुहल्ले के बच्चों में बाँटने के लिए सदा भरी रहती हैं। वह इसमें गर्व अनुभव करने लगा है; किन्तु वह यह नहीं जान सका कि उसे अब भी निकम्मा-निठल्ला नामों से क्यों पुकारा जाता है और घर में घुसते ही उसकी माँ का उस पर रोषपूर्ण व्यवहार क्योंकर है?

श्रावण, भादों, आसोज बीत गये। कार्तिक मास के आरम्भ होते ही चिनार, सफ़ेदे के वृक्षों की घनी हरियाली क्रमशः लाल सुनहरे रंग के सूखे पत्तों के ढेरों में परिवर्तित हो गयी। उत्तरीय पर्वत्तों की ओर से एक वेगवती ठंडी हवा बहने लगी। पतझड़ के इन उदासी भरे दिनों में जब समूची घाटी अपना सम्पूर्ण शृंगार उतारकर विरहिणी की भाँति बैठ गयी तो पाम्पुर की उस उजड़ी भूमि में फिर नवयौवन उमड़ पड़ा, मीलों तक फैले हुए रंग-बिरंगे केसर के फूल अपनी अपरिमित सुगन्धि लुटाने लगे।

तीन दिन तक दोपहरी में गीत गा-गाकर फूलों की चुनाई में काम करनेवाले कुलियों के साथ काम करने में तो हसन को विशेष आनन्द मिला; किन्तु चौथे दिन ही फूलों की टोकरी वहीं फेंक वह उसी शतरंज की टोली में जा बैठा। उसकी माँ के कानों में यह खबर उस समय पहुँचायी गयी जब कि वह मुहल्ले की औरतों के साथ धान समेटते हुए हसन के विवाह आदि की बातचीत कर रही थी। सब एक साथ हँस पड़ीं; किन्तु उस समय किसी को इस बात का खयाल भी न आया कि इस हँसी का कितना भीषण परिणाम हो सकता है।

रोहती भागकर गयी और शतरंज के खिलाड़ियों के समान ही अपने जवान बेटे के पास खड़े होकर उसने दोनों हाथ अपने माथे में जोर से दे मारे और चिल्लाकर कहा, "कमबख्त, तू किस घड़ी में पैदा हुआ था? तू लौटकर यहाँ आया ही क्यों?" और फिर वह विह्वल होकर रो पड़ी।

माँ का यह रुद्र रूप देखकर हसन सिहर उठा, उसका तन-बदन एक बार की काँप गया। ओह! क्या सचमुच ही पिछले पाँच वर्षों के प्रवास में वह इसी मृगतृष्णा-सी स्नेह सुधा की चाह में व्याकुल बना हुआ था? इसी समय उसे लाहौर की दुकान का खयाल हो आया। वह क्यों न जाकर माफी माँग ले! इसके साथ ही क्षण-भर में उसे अपना समूचा जीवन निकृष्ट और अपमानित-सा लगने लगा।

दूसरे दिन प्रातःकाल जब बुलबुलें और अन्य पक्षी अपने मधुर स्वर

से शीतऋतु के आगमन की सूचना दे रहे थे, हसन चुपचाप अपने वतन से अलग हो गया—डाल वृक्ष से कट गयी।

× × ×

'लाहौर मेटल मार्ट' पर काम करने वाले पीछे रखे गये कितने ही कर्मचारी आज उच्चपद प्राप्त कर चुके हैं; किन्तु हसनअली आज भी दस वर्ष पहले की भाँति दिन में लोहा तोलने और साँझ को घर का काम करने पर नियुक्त है। रात को जब लॉरी- ड्राइवर बहुत देर तक नानबाई की दुकान पर ताश खेलते हुए देश-विदेश एवं घर-बाहर हो आने की बड़ी-बड़ी डींगें हाँका करते हैं, तो वह झुँझलाकर उठ खड़ा होता है और अपनी उसी आनन्दविहीन कोठरी में, जहाँ उसके यौवन की स्मृतियाँ भस्म के रूप में बिखरी पड़ी हैं, रात भर दुबका हुआ-सा पड़ा रहता है, और कभी-कभी उन्हीं केसर के खेतों और उन्हीं पाम्पुर निवासियों को याद करके काश्मीरी भाषा में गीत गुनगुनाया करता है जिसका अर्थ शायद यही है—"बुलबुल ने आशियाना, चमन से लिया हटा।"

सुर मानो पसलियों से निकलता है।

(कलकत्ता, 1937)

कैदी

वह एक जीवित मांस की लोथ-सा दिखाई देता था। सफेद रक्तहीन चेहरे पर कीच-युक्त अधखुली आँखें, मुँह से बहती हुई लार, जो उसकी बढ़ी हुई दाढ़ी पर से एक डोरे की तरह टपक रही थी और जिस पर मक्खियों ने अधिकार जमा लिया था। उसके काँपते हुए सिर ने, जिसे वह हथकड़ियों की रगड़ से दोनों घाव-युक्त कलाइयों के सहारे थामे हुए औंधा पड़ा था, उसकी आकृति को और भी भयावना बना दिया था।

बेड़ियों की जंजीरों को पकड़े हुए यदि उसके दोनों ओर दो लाल पगड़ी वाले सिपाही न होते, तो कोई भी यात्री ऐसे घिनौने मरणासन्न व्यक्ति को बस में न घुसने देता।

उसी दिन प्रातःकाल उन लोगों ने लाहौर से मोटर-बस द्वारा श्रीनगर के लिए प्रस्थान किया था। करीब दो बजे जम्मूशहर के अन्त में, जहाँ से जम्मू-काश्मीर-वैली रोड प्रारम्भ होती है, मोटर-बस पेट्रोल लेने के लिए खड़ी हुई। पेट्रोल-पम्प पर खड़ा होना, विशेषतया गर्मी के दिनों में, यात्रियों के लिए बहुत नागवार-सा होता है।

अगली सीटों पर दो-तीन कालेज के विद्यार्थी थे, बीच की पूरी सीटों पर दो स्त्रियाँ तथा उनके दो बच्चे और पिछली सीटों पर जम्मू शहर से सवार हुए तीन-चार यात्री जो सब्जी आदि काश्मीर ले जाने का व्यवसाय करते थे, और एक खानसामा भी था।

विद्यार्थी अखबार और पुस्तकें उलट-पलटकर देखने लगे। दोनों स्त्रियों में से एक ऊँघ रही थी और दूसरी नीचे सुदूर समतल पर एकटक देख रही थी, मानो अपने बीते हुए जीवन के वर्ष गिन रही हो।

"क्या वह बीमार है?"

"जी हाँ, यह बीमारी इसे जेल में ही हो गयी थी।"

इसी समय पिछली सीटों पर कुछ भनभनाहट हुई, और अगली सीटों के सभी यात्रियों की दृष्टि उस विकृत मनुष्य की ओर आकर्षित हुई।

सड़क पर कुत्ते की मरते समय जो दशा होती है,...अभी दस मिनट में ही सबका जी लगभग उसी तरह के भय, आशंका और ग्लानि से एकबारगी भर गया।

रामनगर महल को पार करते ही पथरीले पहाड़ आरम्भ हो जाते हैं। नीचे दूर तक रेत और सफेद पत्थरों के विस्तृत मैदान में से मार्ग बनाती हुई तवी नदी बह रही है। उस पार कुछ हरी-हरी खेतियाँ, बहेकड़ की झाड़ियाँ और कुछ दूरी पर समीप आती हुई विशाल पर्वत श्रेणियाँ,—यह सब कितने सुहावने प्रतीत होते हैं; किन्तु आज ड्राइवर की कृपा से सब...

यात्रियों का अनुमान था कि उसकी जबान बन्द हो चुकी है, वह मूर्च्छित है और अन्तिम घड़ियाँ गिन रहा है; किन्तु वे मानो भूत-प्रेत के मुख से सुन रहे हों, "पानी! पानी!..."

"तो अभी वह जीता है?"

"शायद न मरे।"

सब लोगों ने एक साथ ही सिपाहियों की ओर देखा।

"देते हैं पानी, सबुर करो।"

"रास्ता सूखा है, पानी यहाँ कहाँ मिलेगा?"

ड्राइवर अपनी तेज चाल से मोटर लिये जा रहा था। सात-आठ मील के बाद एक दुकान से पानी मिला, किन्तु उस जीवित लोथ ने स्पर्श करते ही मुँह फेर लिया, "न...न...ठंडा पानी...बर्फ...पानी...हुँ हुँ..."

"वाह रे लाट साहब! ठंडा पानी,—बर्फ...पानी...नवाब तो तू ही है।"

सब लोगों ने पुनः सिपाहियों पर एक नजर डाली!

"पानी...त्रेश...त्रेश"[1]

"अजी, यह तो जेल में झुलस गया है। काश्मीरी है न?"

"पहाड़ी लोगों को वैसे ही नीचे भेज देना बड़ा भारी दण्ड है, और फिर जेल में...या अल्लाह!" खानसामे ने कहा।

"लो बादशाहो!"

ऊमदपुर पहुँचकर दूसरे सिपाही ने ठंडे पानी से भरा लोटा कैदी के मुँह से लगाया। हाँफते हुए घोड़े की तरह वह एक साँस में ही लोटे का पानी समाप्त कर गया।

अगला पड़ाव कुद सैनिटोरियम है। चील वृक्षों में से सरसराती हवा, सन्ध्याकालीन नीले आकाश में जहाँ-तहाँ छितराये बादल, एक-एक मोड़ के बाद ऊँचाई! तीन घंटे में कितना परिवर्तन!

काश्मीरी भाषा में 'त्रेश' प्यास को और 'पोम' पानी को कहते हैं।

"रोटी!—क्या तेरी माँ ने पका रखी है?" पीछे फिर भनभनाहट हुई।

लोथ! नहीं, अब हम उसे कैदी कहेंगे। कैदी के चेहरे का रंग अब पीला हो गया था, और क्रमशः उसमें जीवन के चिह्न जाग्रत हो रहे थे। हाँ, तो कैदी ने पुनः धीरे से यन्त्रणाभरे स्वर में कहा, "भूख! रोटी!"

यात्री उसके इस आश्चर्यजनक परिवर्तन और कुसमय की माँग को सुनकर हँस पड़े। स्त्रियों में से एक के पास कुछ खाने की सामग्री थी। चलती गाड़ी में उसने अपनी टोकरी में से कुछ ताजा कलाकन्द, मूँग की तली दाल और दो आम सिपाही के हाथ में दिये।

"लो, जल से करो दोस्त! सतवरे ते कुश नहीं मिलया।" (लो, जल से करो दोस्त! सात वर्ष से तुम्हें कोई चीज नहीं मिली।)—सिपाही ने डोगरी-भाषा में कहा।

"कितने वर्ष की कैद थी?" पिछली सीट के एक वृद्ध महाशय ने पूछा।

"सात वर्ष की।"

"ओह! सात वर्ष तो एक लम्बा अरसा होता है।" एक ठंडी साँस के साथ उसने कहा।

"खाने को क्या मिलता होगा?"

"दो सूखी रोटियाँ और दाल दोनों वक्त, और क्या! जनाब, जेल है, जेल!"

"अब इसे कहाँ ले जा रहे हैं?"

"दस की सजा खतम हो गयी है, बीस ही दिन बाकी हैं। हरिपर्वत जेल में इसे छोड़कर हममें से एक आदमी वापस आ जाएगा।"

कैदी मिठाई समाप्त कर चुका था और आमों का रस उसकी काली घनी दाढ़ी से टपकता हुआ हथकड़ियों तक जा पहुँचा था। अपने समूचे जीवन में ऐसी मिठाइयों और आमों के रस का उसने कभी आस्वादन नहीं किया था।

मोटर-बस इस समय एक ऊँची चोटी पर से गुजर रही थी। अँधेरा हो चला था। पार्वतीय शीतल वायु, रस पूर्ण पदार्थों की तृप्ति एवं 'घर जा रहा है,' सिपाही के इन शब्दों ने उसके विक्षिप्त अंगों में अद्भुत चेतना का संचार कर दिया।

कैदी मुस्कराया, "अज भत्ता खाएगा।" (आज चावल खाऊँगा।)

"हाँ, आज रात को पुलाव खिलायेंगे, मामाजी!" सिपाही ने व्यंग्य से उत्तर दिया।

वृक्षों में से अर्द्धचन्द्र कभी निकलता और कभी छिप जाता। जिस समय मोटर-बस पड़ाव पर खड़ी हुई, यात्री एक चौबारे में चले गये और कैदी सिपाहियों के पीछे-पीछे ढुलकता हुआ ऊपर की पहाड़ी पर स्थित पुलिस-चौकी पर ले जाया गया।

क्षितिज में अभी काफी तारे बुझते-जगते नजर आते थे। चन्द्रमा की छाया इस पार अभी फीकी भी नहीं पड़ी थी कि ड्राइवर ने पों-पों करके हार्न बजाना आरम्भ किया। यात्रियों ने बिस्तरे बाँधकर पहाड़ी कुलियों द्वारा सामान नीचे भिजवा दिया। केवल 'कैदी' के आने की देर थी।

"नामुराद! कमबख्त!" दो-चार अन्य भी भद्दी गालियाँ देकर ड्राइवर ने पुकारा।

आज उसका सिर नहीं काँप रहा था। पीला कुरता, जाँघिया और टोपी पहने डोर- बेड़ियों पर झनझन ध्वनि करता हुआ वह सिपाहियों की साथ वाली सीट पर अधिकारपूर्वक बैठ गया।

धुन्ध, घनी छाया, सामने के पर्वतों में गहरी निस्तब्धता लगातार कई मीलों तक छायी थी। सभी यात्री गर्म वस्त्रों में लिपटे हुए बैठे थे।

आखिरकार इस एकरसता को भंग करते हुए वृद्ध सज्जन ने कहा, "क्यों जी, फिर रात को खूब भात खाया?"

"सब हड्डियाँ, सब जूठा भात!" रोषपूर्ण स्वर में कैदी ने उत्तर देते हुए स्त्री की ओर देखा, "माईजी, सलाम।"

"खुदा तैनूँ जिन्दा रखे।"

"बकता है।" सिपाही ने मानो सफाई पेश करते हुए कहा, "सारी रात तो सोने नहीं दिया—कभी रोता था, कभी हँसता था। खबर नहीं, इसे क्या हो गया था!"

कैसे वह एक पालतू कुत्ते की भाँति हवालात के एक कोने में सीकचों से बाँध दिया गया था, चन्द्रमा की चाँदनी में घंटों वह किस तरह चावल और मांस पकाने की सुगन्धि का मजा लेता हुआ अपने मिट्टी के प्याले की ओर देखता रहा, और जब तक पड़ाव की पुलिस का हवलदार जम्मू जेल से आये हुए अपने अतिथियों (सिपाहियों) की खातिरदारी करता और उनके साथ बैठकर मांस-चावल आदि खाता रहा, तब तक वह अधीर हो उचक-उचककर देखता रहा। रात की सारी घटनाएँ कैदी के आगे घूम गयीं। वह पुनः चिल्ला उठा, "हड्डियाँ माईजी! सब जूठा भत्ता! माईजी, आज चाय पिलायँगा। जे अज चाय नहीं पियँगा, ते फेर कद पियँगा? जिन्दगानी, परवरदिगार तैनूँ..."

(माईजी, आज चाय पिला दो। आज के दिन अगर चाय नहीं मिलेगी, तो फिर कब मिलेगी? परवरदिगार तेरी आयु...)

और सामने की चोटियों पर प्रभात-वेला में नवीन तिरछी किरणें अलौकिक प्रकाश फैलाने लगीं। चन्द्रभागा दूर से उस विशाल पर्वत माला के चरणों-तले पतली धारा-सी दिखाई पड़ी। यात्री इस अपूर्व सौन्दर्य पर मुग्ध हो उठे।

"यही किला है काश्मीर का कालापानी। पहले महाराज के समय में जिसे आजन्म कारावास होता था, उसे यहीं छोड़ देते थे।"

दोनों ओर महान् पर्वतों के बीचोंबीच अकेला एक छोटा-सा पर्वतखण्ड—कुछ भग्नावशेष और घिरा हुआ। लोगों ने एक साथ ही उस भयावने स्थान एवं कैदी की ओर देखा। फिर कुछ ढलान आयी, और चन्द्रभागा उछलती, कूदती, पूरे यौवन में प्रवाहित होती समीप आ गयी।

"अहा! आब-आब! आब!" (पानी है—पानी! पानी!) कैदी खुशी के मारे जोर से चिल्लाया—इतना कि सिपाहियों को उसे डाँटना पड़ा। कैदी गाने लगा—

"अजाबल म्यान दीदार जाने
छलछल म्यान दीदार जान
वला म्यानी पोशे-पोशे
चे कुत छुइ शान व्यथिरालो
बागे निशात के गुलो।"

—"ओ मेरे छलछलाते देश, चीर वृक्षों के घेरे में चिनार के पेड़ के नीचे अजाबल (एक छोटी झील का नाम)।

—बर्फ पिघल गयी है, नवीन कोंपलें फूट निकली हैं। नरगिस, गुलाब, यास्मान ओ निशात बाग के फूलों!

—और शगूफा निकल आया है। बेदमुश्क की महक हमारे शिकारे तक आ पहुँची है। ओ मालती, समावार में चाय की पत्तियाँ डाला!

—ओ मालती, मैं डाँड़ लेकर डूँगे को बाहर ले चलता हूँ और तू चप्पू चलाना!"

चन्द्रभागा सड़क से कुछ ही नीचे अठारह-बीस मील तक साथ ही साथ बही है। अनेक छोटे-छोटे नाले, हिमखण्डों से पिघलते हुए प्रपात-झरने, जड़ी-बूटियों में से होते हुए उसके साथ मिल रहे हैं।

और कैदी अपनी मस्त तान से काश्मीरी-भाषा में गाता चला जाता है, किन्तु गाने के प्रत्येक अन्तिम चरण में एक करुण भयावनी चीख

उसके मुँह से निकल जाती है। सिपाही ने फिर डाँटकर कहा, "कुत्ते की तरह रोता क्यों है, कमबख्त?"

अब श्रीनगर केवल पचास मील शेष रह गया है। हरी-हरी धान की खेतियाँ, सफेदों से घिरी सड़कें, फलों से झूलते पेड़ और नववसन्त के सौरभ से आलोड़ित समूची उपत्यका मानो उसका आतिथ्य कर रही हो। सड़कों पर काम करने वाले कुली, खेतों पर काम करने वाले किसान, लम्बे कुर्ते और टोपियाँ पहने काश्मीरी बच्चे मोटर- बस की तेज चाल में से भी कैदी की आत्मा के साथ एकाएक हो रहे थे। वह बरबस मोटर की खिड़की में से मुँह बाहर निकालकर चिल्लाया, "च छुखा केशुर।" (अरे, तुम काश्मीरी हो न।)

किसी भी व्यक्ति से काश्मीरी-भाषा में बात करने के लिए उसका हृदय मानो छटपटा रहा था। वह कभी सीट पर से उठता, कभी सिर बाहर निकालकर देखता और कभी बीच की सीटवाली स्त्री और उसके बच्चे की ओर देखकर कहता–"जिन्दगानी, परवरदिगार, माईजी! ओ म्यानी दोस्ता! (लड़के की ओर देखकर)–मेरे दोस्त!"

स्त्री बार-बार कैदी के इस व्यवहार पर झेंप जाती और उसका लड़का कैदी को 'अपना दोस्त' कहते सुन झुँझलाने लगता।

"अजी, सात वर्ष इसने चाय नहीं पी। सात वर्ष इसने भात नहीं खाया। सात वर्ष तमाकू नहीं पिया और सात वर्ष किसी स्त्री और बच्चे का मुख नहीं देखा।"

"क्यों हजूर?"–खानसामे ने सिपाहियों की ओर देखकर मुस्कराकर कहा।

"अरे, चुप कर। माईजी, माईजी मत कर। रात को भी पूछता था, वह मिठाई देने वाली माईजी क्या कल भी होंगी?" फिर कुछ मील निकल गये।

"बा छुस बड़े गोनाहगार, म्यानी खुदाया! ओ परवरदिगार, म्यदि राहत!" (या खुदा, मैं बड़ा गुनहगार हूँ, मुझे सीधे रास्ते पर ले चल।)

सीटों के मध्य में नीचे दोनों हाथों पर सिर रखकर मानो उसके अन्तर से कोई मर्मान्तक व्यथा फूट रही हो। कैदी सिसक रहा था। जान पड़ता था, जैसे ऐसी क्रिया उनका अंग बन चुकी है! वह पुनः उठा और जोर से हँस पड़ा, "दान्यि, दान्यि।[1]"

शहर समीप आ गया था। बादामी बाग के मैदान में भीड़ एकत्र

---

[1] 'दान्यि' काश्मीरी भाषा में 'धान' को कहते हैं।

हो रही थी। "महाराज! महाराज!" वह उछल पड़ा, "मैं सौगन्धपूर्वक कह सकता हूँ, महाराज खेलने आये हैं।"

खानसामे ने पूछा..."तुम्हारी माई है?"

कैदी का सिर पुनः लटक-सा गया।

"नहीं।" उसने सिर हिलाकर कहा! "बच्चे हैं?"

उसका गला भर आया। एक नजर उस बीच की सीट वाले लड़के की ओर डालते हुए कैदी ने हाथों के संकेत से कहा—"दोनों नहीं। एक लड़का था, एक लड़की, और..." वाक्य को समाप्त करने से पूर्व उसने एक दृष्टि इस भाँति उस शस्य-श्यामला भूमि, उस कलकल-छलछल करती हुई —जेहलम, उस विस्तृत नीले आकाश में फैले उड़ते सफेद बादलों की ओर घुमायी जिनकी आशा से वह कल जी उठा था। जैसे आज फिर सब कुछ सूना हो गया हो। उसने रुँधे गले से जोर लगाकर कहा, "और शादी भी मर गया।"

सब लोग हँसते-हँसते लोट-पोट हो गये। बस से उतरते हुए खानसामे ने कहा—

"वाह ओये खुश रहो जवानां,
पैंडा सोणा कट छोड़ आयी।"
(वाह जवान! खुश रहो, रास्ता अच्छा कट गया है!)

(कनाट सर्कस, नयी दिल्ली, 1940)

वैशाख की रात

उस दिन न खिली चाँदनी बरसी, न कहीं बेल-पत्तियों की अनुपम छाया ही। रात्रि के प्रथम प्रहर ही में समस्त आकाश का भारी हृदय मानो धरा के आँचल में आ झुका। शुरू वैशाख के अलसित दिन की विद्रूपता से थके-माँदे पास-पड़ोस के लोग बरामदों में पलकें भारी कर झूलने लगे। कोई विलरा ही वंशी बजा रहा होगा।

साथ के बड़े कमरे में खूब ऊधम मचाकर पद्मा के बहन-भाई इधर-उधर, पैताने सो गये—तो इतिहास की पुस्तक हाथ में लेते ही उसे लगा कि माँ की खाँसी का स्वर असाधारण है।

औंधे पड़े मोहन पर एक दृष्टि डाल वह झट ऊपर चली गयीं।

तीन ही मास हुए पद्मा की माँ को निमोनिया हुआ था, उससे पहले वह अच्छी स्वस्थ, गौरवर्ण, आकर्षक-सी थी। इलाज में कमी हुई हो सो नहीं। डॉक्टर प्रायः देख जाते हैं। नौकरानी भी रख दी गयी है, पुराना रघुनाथ भी है। पर ज्वर उतरा ही नहीं। विचार था पहाड़ पर ले जाया जाए, किन्तु अकस्मात् ही रोग में वृद्धि हुई। सो फिलहाल सबसे ऊपर के कमरे में शुद्ध हवा के कारण रखा गया है। दूध-फल की व्यवस्था भी है—ऐसा पूर्ण प्रबन्ध करके सब कोई अपने-अपने काम में मग्न और निश्चिन्त है।

पद्मा ने देखा बाहर के घने अन्धकार में प्रकाश से आलोकित कमरा एक बड़े भारी दीप-सा चमक रहा है। रघुनाथ पैर फैलाए बाहर बरामदे में पड़ा खुर्राटे ले रहा है। और नयी नौकरानी अँगीठी पर पानी गरम रखे-रखे ऊँघ रही है। नर्स कभी नब्ज और कभी घड़ी का मिलान करते जम्हाइयाँ लेती तनी-सी कुर्सी पर बैठी है।

माँ ने खाँसी रोक-कर जिस एकटक कातर-भाव से पद्मा की ओर देखा वह सह न सकी। पद्मा सड़क की ओर बरामदे के कोने में जहाँ अन्धकार पूँजीभूत-सा होकर बैठ गया है, जा खड़ी हुई।

यह प्रकट है, पद्मा इकलौती सन्तान नहीं, उसके चार नन्हे भाई-बहन और भी हैं। किन्तु एक तो अनेक वर्षों तक प्रथम स्त्री से सन्तान न होने के कारण और पुनः दूसरे विवाह से भी इतने विलम्ब से होने पर उसका लाड़-प्यार असंगत नहीं। यहाँ तक कि दो युवक चचेरे भाइयों की एकाएक युद्ध में मृत्यु से, जिन्हें उसके पिता अत्यन्त स्नेह करते थे, और सम्भवतः वृद्धावस्था में उसी धक्के से वर्ष भर बाद पिता के आकस्मिक देहान्त से पद्मा के लापरवाह स्वभाव में तिल भर भी अन्तर आया हो, सो नहीं दीखता। शेफाली की झाड़ियों से घिरी बाग की चारदीवारी पर बैठी जब वह दोनों टाँगें हिलाती, "वह भैया की मोटर! वह पिता जी की सूरत-शक्ल का आदमी।" ऐसे दुखदाई प्रसंग को हँसते-हँसते छेड़ उठती है—तो लोग धिक्-धिक् कर देते हैं।

पान वाले की दुकान से लेकर चौराहे तक का सिपाही उसके आतंक से दुखी है। स्कूल से आते ही गले में उलझे केश डाले-साड़ी का लम्बा छोर पीछे लटकाये, नवजात उद्धत बछड़े की भाँति वह इधर से उधर, छँलागें लगाती है। झट से मोहन की साइकिल उठा गली-मुहल्ले के बच्चों को लादे दूर बाग-बाजारों तक चक्कर काटती घूमती है— घर के नौकरों, महरी, धोबी, बच्चों को घर पर पढ़ाने वाले मास्टर तक को रुला, खिजा गिन-कर वेतन देती—हँसती डाँटती है।

इसके अतिरिक्त उसे जैसे फुर्सत ही फुर्सत है। सारा शहर मानो उसका निजी क्रीड़ा-स्थल है। नित्य नया आकर्षण उसे खींचता है जिसका अन्त प्रायः झगड़े से ही हुआ करता है।

अभी कुछ ही मास पूर्व सामने क्वार्टरों में जो नया बंगाली परिवार आकर बसा है। रात-दिन वहीं बैठे-बैठे ग्रामोफोन के रेकार्ड दोहराते रहना, नीलिमा उसकी सहपाठिनी है—पर यदि उसके दादा कविता लिखें, पाठ करें, तो झट कापी में लिखने बैठ जाना, सगे भाई-बहनों, अपने घर-बार की सुधि छोड़ उन्हें रसोई के काम में सहायता देना, यह क्या शोभनीय है? उसके मधुर कण्ठ, निष्कपट आँखों, गौरवर्ण ने मानो नव परिचितों को लुभा लिया है।

किन्तु वह निरी बच्ची तो नहीं। इस नव मित्रता के संक्रामक रोग को लक्षणों ही से पहचानकर हितैषीजन पद्मा के लिए उचित दिशा सुझा भी गये हैं।

हताश माँ, गली-गली, मन्दिर से चौराहे तक, आगे-पीछे चक्कर

लगाती थक जाती और एक दिन तो आवताव न देख वहीं क्वार्टरों के सामने ही काबू पा ठोक-पीट कर साधने की चेष्टा भी की गयी।

माँ-बेंटी की इस अनबन को देख नये किरायेदार स्तब्ध रह गये। और हजार बार पद्मा के पुनः कहने पर कि उसकी माँ सौतेली है, क्रूर है—पहले-सा जोड़-मेल न बैठ पाया।

× × ×

किन्तु एक ऐसा पल, जिसमें विश्व के अद्भुत रंगमंच का, कोमल, झीना पट, सहसा उठ जाता है। झींगुरों की आवाज, वृक्षों की साँय, साँय, सुनसान, दैत्य-सी भुजाएँ फैलाए घना अँधियारा, निस्तब्ध क्षितिज। .. ..रात्रि के इस महा-विकराल रूप का प्रथम बार साक्षात् कर अबोध बालिका ने मानो मन ही मन प्रणाम किया हो।

दो मिनट तक, उसी अँधेरे कोने में खड़े-खड़े लगा, जैसे पथ आगे अत्यन्त धुँधला और अनेक दिशाओं में बँट गया है। ऊपर-नीचे, आस-पास, मानो कहीं कोई नहीं। जहाँ कुछ तारें जुड़ी हैं उनमें से धरती पर केवल वे प्रसिद्ध दानी संरक्षक लोग हैं जिनके कन्धों पर, परलोकवासी पिता, नाबालिग सन्तान का उत्तरदायित्व सौंप गये हैं।...और अन्तरिक्ष में वे छाया...मूर्तियाँ...तीसरी एक और जगह भी है तो...जहाँ प्रकट में कोई लाग-लगाव, सम्बन्ध नहीं....किन्तु आज ही तो स्कूल में, छोटी-सी बात पर स्लीपर, चप्पल तक नौबत पहुँच गयी थी। तो भी सब से प्रथम नीचे दीवार फाँद, बिना उत्तर की प्रतीक्षा किए—"माँ की खाँसी तो रुकती ही नहीं" बस इतना कह भाग आयी...।

आगे वही भरा पूरा घर है। अलमारियाँ, सन्दूक, बड़े पूरे साइज की स्वर्गगत पिता-पितामह की तसवीरें। पर्दे, बिछौने—जिनमें दिन-रात छिपे रहना, मार-पीट, स्पर्धा आदि। "इस आधी रात में पद्मा जीजी यह क्या नया कौतुक कर रही है..." प्रगाढ़ निद्रा में निमग्न शेष चारों बहिन-भाइयों में से किसी को माँ के पास शिकायत लगाने का अवसर नहीं।

रिसीवर उठा-उठाकर, कोठियों के द्वारा, द्वारपालों को चीरकर क्यों पंचों की नींद में खलबली पहुँचाना चाहती है। माँ की खाँसी की बात तो वसीयतनामे में लिखी आज तक देखी नहीं गयी।

पूरा सन्नाटा है ऊपर-नीचे, बाहर-भीतर, पास के मैदान में, गीदड़ों का समूह जैसे उसे भंग करने की भरसक चेष्टा में लगा है। चौकीदार का 'जागते रहना' स्वर भी और ऊँचा हो उठा है। दिनभर का थका रघुनाथ

भी कानों में सौ बार पुकारने से नहीं उठा।... अब वह क्या करे। कहाँ जाए! एक बार पुनः भयानक खाँसने की आवाज! और साँस धक्-धक् मशीन की भाँति तेज। एकाएक रोगिणी के मुँह से खून का फौवारा-सा छूट पड़ा, आँखें ऊपर को चढ़ गयीं, दाँतों पर स्याही छाने लगी।

अब वह दौड़ी हुई तीन मंजिले से नीचे पान वाले से बर्फ लायी। एक टुकड़ा माँ के मुख में दिया, रूई से पोंछा। तब तक नर्स सतर्क हो नब्ज पकड़े थी और जाने डाक्टर भी कैसे पहुँच गये थे।

कमरे के दूसरी ओर भी खुली छत है, जहाँ से नीचे घर का भीतरी भाग दिखाई पड़ता है। छत के ऊपर क्रमशः गहराई में उतराता आकाश है। सहसा कुछ नक्षत्र चमक उठे। दिगांचल में मन्दिरों, मस्जिदों, सरकारी इमारतों, न्यायालयों और विशालकाय अट्टालिकाओं के बुर्ज हैं। जिन सबके द्वारपाल तक मूक हैं। हाथ उठा-उठाकर, ऊपर नीचे चीत्कार करने से भी स्वर कहीं पहुँचता नहीं। सुनता ही नहीं कोई। ...वे अंक में दुलार से भर लेने वाली आकृतियाँ, ऊपर शून्य से केवल उभर-उभर पड़ती हैं ....माँ की निद्रा भंग न हो इसलिए साँस रोककर ही स्मरण कर लेना होगा।

दिन के प्रकाश में पिता के लाड़-प्यार, पांडित्य के समक्ष जिसे आज तक मिट्टी के ढेले के समान देखा है, खेल-कूद, पढ़ाई का बहाना लगाकर जिस स्वर को सदा ही कान मूँदकर अनसुना किया है। वही अनायास इस समय घनी अँधियारी रात्रि में ज्वलन्त हीरे-सा साकार हो मानो उसके अन्तर से कहलवा रहा हो—"इस प्रकार अवहेलना से माँ को मृत्यु-मुख मे पहुँचाने का कारण तुम नहीं हो?"

पुनः एक वेगवती प्रतिक्रिया-सी उसके मन में अपने तईं उठने लगी! क्या करे। अब क्या करे जिससे माँ के कानों में कुछ सन्तोषजनक शब्द पहुँचा पाये....सूझ न पड़ा।

अन्त में धीरे से कदम रखते हुए पीछे की सीढ़ियों से उतरी।

कमरे में बहुत बड़ी अलमारी है। जहाँ पिता-पुत्री के संचित स्मृति स्वरूप लेख-पत्र, पुरानी पोथियाँ हैं, चित्र हैं। स्कूल जाने से पूर्व वह नित्य ही इस स्थान पर माथा टेक मन ही मन घर की कल्याण कामना कर, विदुषी होने का मानो आशीर्वाद पा कृत्य-कृत्य समझती रही है।

एक हाथ में रिसीवर पकड़े वह उसी प्रकार अलमारी की ओर झुकी। पुनः रख कमरे में बत्ती जलायी। बिजली के प्रकाश में वे दिन के

प्रतिद्वन्द्वी मुखड़े अर्धनिद्रा में गुलाब के फूलों-से खिलने लगे। एक-एक को बारी-बारी से पद्मा ने चूमा, आलिंगन किया। अनेक दिनों का उत्पात, मनोमालिन्य क्षण भर में चुक गया। फिर उसने सारे घर के चारों ओर दृष्टि घुमायी जैसे कोई मायावी, जादू के झटके से उसका बाल-सुलभ चांचल्य पृथक् कर रही हो।

× × ×

महाकाली की प्रलयकारी मूर्ति का पट परिवर्तन हुआ और पुनः किसी आशामयी के झंकृत नूपुरों से जग सोते शिशु-सा मुस्करा उठा। किन्तु मानो किसी भयावने स्वप्न की-सी छाया-स्वरूप कम्पन की रेखाएं शेष हों।

कैसे भयानक होते हैं झींगुरों, गीदड़ों, रात्रि के पक्षियों के फड़फड़ाने के स्वर। कैसा बुरा लगता है प्रस्थान का-सा बजता हुआ टाउन हाल का एक-दो-तीन का घंटा। ...घने अँधेरे में यह सुन्दर लगनेवाले नक्षत्र भी तो मूक पत्थर-से देखते रह जाते हैं। और साँस की धक्-धक्—ताजे खून का रंग—रोते, काँपते, सारे संसार का द्वार खटखटाओ तो कोई सुनता ही नहीं। इतिहास के नोट्स हाथ में लिये, दसवें दर्जे की परीक्षा के लिए जाती हुई 'वाणी-मन्दिर' स्कूल की छात्रा के मन में विगत रात्रि की प्रतिध्वनियाँ रह-रहकर उठ रही हैं। चेष्टा करने पर भी रुकती नहीं। उसका नन्हा-सा कोमल अन्तर किन्हीं महान् रहस्यों से अनायास ही भर गया है। जग के प्रति तीव्र घृणा, आश्चर्य एवं प्रगाढ़ स्नेह की मिली-जुली तरंगें एक साथ उठ रही हैं।

उगते उजाले, मोटर, ताँगे, भीड़-भाड़, लोगों के आने-जाने का स्वर चहल-पहल से वह मानो और दिनों से भी अधिक चिपट जाना चाहती हो।

रातभर जगे होने के कारण कभी-कभी सहसा ऊँघ पड़ती है।....तब लगता है जैसे रात का तीसरा प्रहर हो। फीका चाँद शीशम के पेड़ की ओट में हो गया है, नर्स ने वस्त्र बदल माँ को शान्ति से सुला दिया है। ....बाहर पद्मा की गीली, भारी पलकों को पोंछ हाथ का सहारा दे कम्बल ओढ़ा, आपबीती, जग-बीती सुना—आजन्म मित्रता के बन्धन में कोई बाँध रहा है। देवदूत का-सा वह अदृश्य हाथ, रातभर मानो छाया किये पीछे-पीछे खड़ा रहा हो। ....तो कई बार तो हम अनिष्ट चिन्तन समीप जानकर बैठते हैं। वास्तव में होता नहीं।—ओह जल्दी-जल्दी रात में वह क्यों, कैसे वरण

कर बैठी। हृदय की इस दोलायमान अवस्था को वह किससे कहे? चित्त हल्का करे। नीलिमा से? न, वह बात करते ही चिढ़ जाती है और नाहक स्लीपर-चप्पल तक बात जा पहुँचती है। फिर हजार-बार अब उसके समझाने पर, उसकी माँ सौतेली नहीं, कदापि नहीं, वह विश्वास करेगी? मोहन से? न, उससे भी नहीं, वह अभी बहुत छोटा है।

तो भी बात छिपी नहीं रह सकी। विदाई के दिन साज-सामान, उपहारों को स्वयं ही हँसते, उल्लास से जुटाते देख बीच-बीच में ढोलक का स्वर रुक जाता है। और उस रात स्वयं ही ससुराल वालों को फोन पर सम्बन्ध स्थिर करने, वचन देने आदि की निर्लज्जता का प्रसंग, दाँतों तले उँगली दबाकर दोहराया जाना स्वाभाविक हो उठता है।

× × ×

पद्मा की धारणा में भी तो भूल थी। माँ की मृत्यु के अगले ही दिन तो पंचों ने आकर सब कुछ देख सँभाल लिया था। ऊपर से नीचे तक ताले डलवा दिये गये थे। और जड़-चेतन सबकी सूची बनवा, यथा स्थान ठिकाने लगाने की योजना से स्वर्गीय मित्र के प्रति पूर्ण कर्त्तव्य पालन किया जा रहा है। यहाँ तक कि पास-पड़ोस को झाँकने तक की भी कड़ी मनाही कर दी गयी।

बरात नीचे मण्डप में अभी आएगी। रंगीन झंडियों, मिठाइयों, दूर से आये सम्बन्धियों से पूरित घर को देख छोटे बहन-भाई बहुत खुश हैं, वैसी ही कूद-फाँद है। किन्तु मोहन अब पद्मा को जीजी कहता है और दिन भर छाया की भाँति पीछे-पीछे रहता है। कितनी ही चौकसी क्यों न हो, उससे बार-बार गले मिलने, नीलिमा से आँसू भर-भर सब दिन की क्षमा याचना माँगने के लिए सीढ़ियों, ऊपरी छत तथा घर के अनेक छिपे कोने कहीं गये नहीं।

× × ×

पर जहाँ लाग-लगाव नहीं, मित्रता-बन्धुत्व आदि सब छूट गये हैं। दिन भर भले दफ्तर के कामों में कट जाये—सूर्यास्त होते ज्यों ही झिल्लियों की झंकार, पुष्प-पत्तों की अस्त-व्यस्त छाया, घिरे उतराते अन्धकार में निशीथ के गुम-सुम स्वर मुखरित हो उठते हैं, तभी खिड़की के सामने सुनसान खाली घर की ओर देखते-देखते वह धू-धू भरी भयावनी वैशाख की रात मानो छाती पर भारी भरकम अजगर-सी आ पड़ती है।

× × ×

उस दिन जब प्रभात-वेला में, पंखा करते-करते रोगिणी ने अकस्मात आँखें खोल दी थीं और अनेक भावों को मानो मन में ला विदावेला में जैसे कुछ सौंपते हुए अनुनय भरे क्षीण स्वर में केवल इतना कहा था "नीलिमा के भैया। नीलिमा के दादा!!"

ओह यह रहस्य न तो नीलिमा जानती है न उसकी सखी ही!

(नयी दिल्ली, 1949)

मेरी माता जी

प्रातःकाल की शान्त-स्निग्ध वेला में जब मेरी नींद खुलती है, अकस्मात् श्रीनगर का वह अपना सफेद कमरा मेरी आँखों के सामने घूम जाता है और कानों में एक अत्यन्त मधुर स्वर-ध्वनि। जाड़ों के दिन होते थे। कमरे के बाहर बरामदे में चारों ओर घास की चटाइयाँ बर्फीली हवा को रोकने के लिए लगी होती थीं और कमरा भी चारों ओर गर्म परदों से ढका रहता था। बाहर सड़कों, छतों और वृक्षों पर बर्फ ही बर्फ पड़ी होती थी, जिसे हम रज़ाई में से खिड़की के उस भाग से, जहाँ परदा तनिक हटा होता था, झाँककर देख लेते थे। चार-पाँच बजे अँगीठी सुलगाते अथवा कमरे में सफाई करते हुए माता जी के गाने की आवाज सुनाई देती। हम भाई-बहनों की इच्छा होती कि अभी कुछ देर और बिस्तरों में लेटे रहें, किन्तु उसके बाद जब पिता जी भी उसी स्वर में साथ देने लगते तो मैं, भाई जयदेव तथा छोटी बहनें सम्मिलित होकर कमरे के वातावरण को गुँजा देते :

किस भरोसे सोएँ रइया हूँ,
रहणा दो दिन चार बन्दे।
अपना आप पछान बन्दे।
जे तू अपना आप पछाना,
साँईं दा मिलणा आसान बन्दे।

उपर्युक्त पंक्तियाँ आज से लगभग चार-पाँच वर्ष पूर्व लिखी गयी थीं, लेकिन कैसी विवशता है! काल की गति एवं इसी बीच बहन उर्मिला के आकस्मिक देहावसान ने उस मधुर छवि एवं ध्वनि को धुँधला कर दिया है। फिर बड़ी सन्तान होने के कारण माता जी के दुःख-सुख में घुले-मिले जीवन के गिने-चुने वर्षों को प्रकाश में लाने के समय अनेक करुण प्रसंगों का घिर आना स्वाभाविक है।

मामा जी का पत्र देरी से मिलने पर प्रायः माता जी छत की ओर देखते

हुए आँसू भर लातीं। हमारी इतनी हँसी-खुशी और नाच-कूद के क्षणों में कभी-कभी ऐसा गम्भीर वातावरण माता जी क्यों ला देती हैं? हमें तनिक भी अच्छा न लगता। बाद में जाना कि माता जी का जन्म रावलपिंडी में उनके युवक पिता जी की मृत्यु के तीन-चार मास पश्चात् हुआ था। उनकी युवती माता जी ने पाँच-छह बच्चों की माँ होकर भी शेष जीवन संयासिनियों का-सा ही व्यतीत किया। माता जी तथा अपनी मौसी जी द्वारा सुना हुआ अपनी पूजनीय नानी जी का काल्पनिक चित्र सदा ही मुझे अत्यन्त मुग्ध करता रहा है। मीराबाई की तरह वे सदा सच्चे साधु-सन्तों से घिरी रहतीं; सबको खाना खिलाया जाता; कबीर, दादू, नानक, बुल्लेशाह प्रभृति भक्तों के पदों का कीर्तन-सत्संग होता रहता। उनके स्वरचित पद भी माता जी के मुख और नानी जी की कई एक शिष्या वृद्धा स्त्रियों से सुनकर स्वर्गीय बहन पुरुषार्थवती ने संग्रह किये थे।

मेरी मातामही अत्यन्त रूपवती थीं। किस प्रकार वे घर के ही कई पुरुषों से अपना सतीत्व बचाए रहीं, इसकी कथा भी माता जी ने मुझे सुनायी थी। एक सुनी हुई बात मुझे उनके सम्बन्ध में कभी नहीं भूलती। उनके रूपवान विद्वान् युवा पुत्र का देहान्त अकस्मात् हो गया। वह कुछ ही दिन पूर्व एक उच्च परीक्षा पास करके आये थे। मृत पुत्र के सिर को प्रायः एक घंटे तक गोदी में डाले वे समाधि में लीन रहीं। उसके बाद मुहल्ले की स्त्रियों को, जो रोना-धोना करने आयी थीं, शान्तिपूर्वक उत्तर दिया, "मुझसे अधिक शोक और किसे हो सकता है? स्वयं उस तत्त्व को जानकर जब मैं शोक प्रकट नहीं कर रही हूँ तो आप लोगों के व्यर्थ रोने-धोने से मृतात्मा को शान्ति प्राप्त न होगी।"

रावलपिंडी से श्रीनगर जाते हुए मार्ग में एक सुन्दर-शीतल पड़ाव 'महूरा' नाम से झेलम के ऐन किनारे पर पड़ता है। प्रायः वहाँ भी घोड़ागाड़ी या ताँगे में बैठे-बैठे ऐसे ही माता जी के आँसू झर-झर पड़ते। इतने सुन्दर स्थान में विश्राम न कर, पावर हाउस को न दिखला, कोचवान को वहाँ से शीघ्र ही आगे निकल जाने का आदेश देने पर हमें बेहद शिकायत रही; किन्तु माता जी के सजल नेत्र देख कुछ कह न सकते। धीरे- धीरे पता चला कि वास्तव में इस पावर हाउस के निर्माण का कार्य (जहाँ से समस्त कश्मीर वैली को बिजली पहुँचती है) मेरे बड़े स्व. मामा जी के द्वारा ही सम्पन्न हुआ था और माता जी वहीं उनके पास बहुत दिनों रही थीं। कश्मीर की सुन्दर विस्तृत उपत्यका में बस जाने का सौभाग्य पिता जी के कश्मीर जाने से सम्भवतः आधी शताब्दी पूर्व

ही माता जी के पूर्वजों का रहा होगा।

यद्यपि अल्पावस्था में ही माता जी को पिता जी के साथ उनके छोटे-छोटे बहन- भाइयों तथा माता-पिता की सेवा एवं आर्थिक कठिनाइयों में भाग लेना पड़ा, किन्तु वीणा के दो मिले हुए तारों की तरह उन दोनों के हृदय से प्रत्येक विषय पर एक मृदु झंकार ही सदा मैंने प्रस्फुटित होते सुनी।

पिता जी को बाल्यकाल से ही ताल-स्वर सहित संगीत का ज्ञान है। मृदंग भी वे थोड़ा-बहुत बजा लेते हैं। (अब भी श्रीनगर आने पर मैं सदा पार्श्ववर्ती कमरे में साँझ- सवेरे सूरदास के मधुर पद सुनने के लिए लालायित रहती हूँ।) इसी से तब प्रभात-वेला में स्वतः ही जो अमर छन्द फूट उठता था, वह आज इसराज, सितार आदि वाद्य-यन्त्रों को लेकर अनेक चेष्टाओं से भी बच्चों को न सिखा सकने पर कई बार खीज उठती हूँ।

पिता जी यदि बाहर कामकाज के क्षेत्र में अथक परिश्रम करते थे तो माता जी को भी हमने कभी खाली बैठे नहीं पाया। 'खाली बैठने से श्वास-प्रश्वास निष्फल हो जाते हैं, आयु कम होती है,' ऐसा प्रायः वह कहा करतीं। बीमारी के दिनों में भी चारपाई पर बैठकर चरखा कातने का नियम उन्होंने कभी नहीं छोड़ा। उनके हाथों तैयार हुए पश्मीना आदि के ऊनी वस्त्र हमने बहुत दिनों तक पहने हैं।

कमीज, सलवार, फ्रॉक आदि घरेलू वस्त्रों की काट-सिलाई, भाँति-भाँति के नये डिज़ाइनों के स्वेटर, मोजे आदि का काम मैंने उन्हीं से सीखा है। किनारी, ज़री, सलमा काढ़ने में तो वे सिद्धहस्त थीं ही, मेरे विवाह के अवसर पर लगभग सभी वस्त्र उन्होंने स्वयं कितने प्रेम से दिन-रात एक करके तैयार किये थे, जो अभी तक मेरे पास स्मृतिस्वरूप रखे हैं। पुराने वस्त्रों की काट-छाँट और रंग-परिवर्तन में उन्हें बहुधा लीन देखकर पिता जी हँसा करते थे, "तुम्हारी माँ तो नित्य वस्तुओं के संस्कार किया करती हैं।"

स्वाध्याय के प्रति भी उनका दैनिक नियम वैसा ही निश्चित था। गीता, उपनिषद्, वाल्मीकि रामायण (टीका), ऋग्वेदादि भाष्य-भूमिका आदि वैदिक ग्रन्थों के अतिरिक्त 'भारत की प्राचीन वीर माताएँ', 'अंजना का जीवन-चरित' आदि उनकी निजी पुस्तकों पर स्वयं उनके हस्ताक्षर में 'देवकी देवी' नाम लिखे हैं। सुकन्या और अंजना की कहानी पहले मैंने उनके मुख से ही सुनी है। उनके दुःखों का वर्णन करते-करते

वह रो पड़ती थीं। (स्व. बहन उर्मिला का नाम पहले 'अंजना' उन्होंने ही रखा था) मदालसा की कहानी तो उन्हें बहुत प्रिय थी। कई बार शुद्धोऽसि बुद्धोऽसि—यह पूरा श्लोक सुनाते-सुनाते वह भावपूर्ण हो उठतीं। उनकी धारणा थी कि बच्चे जैसे ही बोलना-समझना प्रारम्भ करें, अक्षर-ज्ञान से पूर्व ही उन्हें वेद-मन्त्र, दोहे, गीत, कहानियाँ कंठस्थ करा देने चाहिए। वे स्वयं भी ऐसा कर बाद में अर्थ समझा दिया करती थीं।

राष्ट्रीय विचारों से उनका हृदय ओतप्रोत था। विदेशी वस्त्र शायद ही पहले कभी आये हों। लोकमान्य तिलक की वे अनन्य भक्त थीं। मुझे अच्छी तरह याद है कि तिलक के देहावसान के दिन वे कितनी देर तक चुपचाप एकान्त-प्रार्थना में लीन रहीं। 'केसरी' की वे नियमित ग्राहिका थीं। कलकत्ते के घोष-बन्धुओं तथा 'अमृत बाजार पत्रिका' आदि की चर्चा प्रायः उनसे सुनी है। 'गृहलक्ष्मी' भी घर में अवश्य आती रही होगी, क्योंकि उसकी पुरानी प्रतियों में चुटकुले, नानी की कहानी, लिलीपुट आदि से ही तो मैंने सर्वप्रथम कल्पनालोक में विचरना सीखा।

पिता जी सदा धार्मिक पुस्तकों का निर्देश किया करते, किन्तु 'कन्या मनोरंजन', बाद में 'भारत-मित्र', 'ज्योति' आदि माता जी की अनुमति तथा प्रेरणा से मेरे नाम पर आती रहीं। हिन्दी, पंजाबी, उर्दू तो वे पढ़ ही लेती थीं, संस्कृत का अभ्यास कुछ समय उन्होंने श्रीनगर के विद्वान् स्वर्गीय पं. गोविन्द राज़दान से किया था। साधारण बोलचाल की अंग्रेजी भी वे समझ जाती थीं। अपनी माँ होने के नाते ही नहीं, कितनी बार आज तक अपने कुटुम्ब की तथा अनेक बाहर की स्त्रियों की तुलना करके मैंने यही पाया है कि वह असाधारण प्रखर बुद्धि की थीं। कोई नया शब्द उन्हें मिला नहीं कि अर्थ पता करके रहतीं।

परिस्थितिवश हमारा प्रथम निजी मकान ठेठ कश्मीरी मुहल्ले में बना, जिसकी बाह्य गन्दगी का दूषित प्रभाव माता जी के स्वास्थ्य पर पड़ा। इसीलिए हमारे गर्मियों के दिन बहुत बार नसीम, निशात, चश्माशाही की पहाड़ियों पर ही कटते। तब की बातें याद कर पुलक से भर आते हैं। हम भाई-बहन शहतूत, सेब के पेड़ों पर चढ़े होते। कभी ज़ीरा चुनने चश्माशाही के ऊपर के जंगल में चले जाते। इधर सूर्य की अन्तिम किरणों से जब नीचे की झील झिलमिला उठती तो माता जी, पिता जी दोनों ऊपर पहाड़ी की चोटी पर बैठकर कैसे सन्ध्योपासना किया करते! पिता जी शहर से रोज काम करके साइकिल पर आया करते और माता जी कभी देर हो जाने पर प्रतीक्षा में सभी उछलते-कूदते

बच्चों के पीछे-पीछे नीचे सड़क तक उन्हें लेने जातीं। बड़े होकर कभी याद करेंगे कि माँ-बाप ने हमें जंगलों में पाला था। उनकी मोदभरी आवाज आज भी कानों में पड़ने लगती है।

काम लेने का ढंग उन्हें खूब आता था, क्योंकि घर में आने-जाने वाले दर्जी, धोबी, नौकरों के अतिरिक्त भिश्तियों-कुलियों तक से उनका व्यवहार अत्यन्त मृदु था। सबका दुःख-सुख वे सुनती थीं। एक वाक्य उनका कहा हुआ याद आ गया है– 'जिब्हा शीरीं, मुलक जगीरी' –अर्थात् यदि तुम्हारी वाणी में मिठास है तो सारा संसार तुम्हारा अपना है। पंजाब अथवा कश्मीर, जहाँ भी वे जातीं, लोगों का आना-जाना बना ही रहता। सभी छोटे-बड़े बाहर के लोगों में वे 'माता जी' के नाम से ही प्रसिद्ध थीं। वे प्रायः हँसा करतीं कि इतनी छोटी-सी आयु में ही मुझे जगत्-माता की पदवी प्राप्त हो गयी है। कई एक बाल-विधवाओं का जीवन उन्नत करने में उनका हाथ रहा, जिनमें से दो-एक को स्कूलों में आज अच्छी जगह पर नियुक्त देखकर मुझे बड़ी प्रसन्नता होती है। आर्यसमाज, श्रीनगर की तो वे विशेष कार्यकर्त्री थीं। सामाजिक कार्यों में योग देने के लिए चन्दा एकत्रित करने के दिनों में वे कभी साँझ-सबेरे ही घर पर नजर आती थीं, किन्तु इतना होते हुए भी गृहस्थी के कामों का मेरे पिता जी को तनिक भी पता न चलता। (और न घर की प्रत्येक बात में दखल देने की उनकी आदत कभी रही है।) बस, रुपये ला देने भर का उनका काम था, यहाँ तक कि सर्दियों में पंजाब जाकर ठहरने के लिए मकान तैयार करवाने का उत्तरदायित्व माता जी को ही सौंपा गया। सबेरे-सबेरे ही वे कैसे ईंट-चूने, लकड़ी का प्रबन्ध करने जातीं, शाम को रजिस्टर लेकर हाजिरी लगातीं, मजदूरी बाँटतीं। मकान पूरा बन जाने पर पिता जी आये तो बहुत प्रसन्न हुए, क्योंकि अपनी इच्छानुसार माता जी ने सभी सुविधाएँ वहाँ जुटा ली थीं।

स्टेट में बनने वाली इमारतों, नहरों आदि के विषय में भी उनकी सम्मति अवश्य ली जाती। कई बार कमरों के रंग, उनके बनाये वस्त्रों के बेल-बूटों को देखकर उनका ध्यान आता है। कैसी परिष्कृत रुचि थी उनकी! जब पूज्य पिता जी का कारोबार अधिक नहीं था, तब भी थोड़े खर्च में सुघड़ता एवं सुचारु रूप से सुन्दर व्यवस्था करना उन्होंने सहज में ही सीख लिया था। हर आठवें दिन सन्दूकों, पलँगों आदि सामान का स्थान-परिवर्तन करके नवीनता लाने का उन्हें बहुत शौक था। स्वच्छता को ही वे सौन्दर्य की प्रथम सीढ़ी मानती थीं। शुरू से ही हमारे घर में

अतिथियों का आना-जाना बहुतायत से रहा है। आर्यसमाज के उत्सव के दिनों में उनकी संख्या तीस-चालीस तक पहुँच जाती थी, किन्तु माता जी रोटी बनाते-बनाते कभी घबराईं नहीं। प्रायः हम लोगों की अधीरता देख आज भी यह बात पिता जी को स्मरण हो आती है।

जहाँ तक याद है, कभी भूलकर भी बच्चों के सामने उन्होंने परस्पर मतभेद नहीं होने दिया और न ही बाहर से आने वाले लोगों की गपशप में कभी बच्चों को बैठने दिया। 'बच्चे क्या जो आँख का संकेत न मानें,' इसका उन्हें गर्व था। यह नियन्त्रण सफल भी इसी कारण हो पाता था, क्योंकि हम लोगों को समय पर माता-पिता के साथ खेलने की भी स्वतन्त्रता थी। जाड़ों की लम्बी रातों में उसी सफेद कमरे में हम प्रायः चारपाइयों, परदों, दरवाजों के पीछे 'चोर-चोर' खेलते, माता जी 'दैया' बन आँखें मूँदतीं। बर्फ के ढेलों को लेकर भी मैं तो उनके साथ खेली हूँ।

उनका साहस अपूर्व था। बहुत पुरानी एक रात मेरी आँखों के सामने चमक आती है। उस समय कश्मीर तक मोटर-बस नहीं जाती थी। ताँगा, घोड़ा-गाड़ी, इक्के का रास्ता पाँच-छह दिन का था। तब हम लोग रावलपिंडी जा रहे थे। माता जी प्रायः पगडंडी अथवा ताँगे द्वारा पहले ही पड़ाव पर पहुँच जातीं। रहने की जगह आदि ठीक करके बिस्तर लगवातीं और खाने-पीने का प्रबन्ध करने में लग जातीं। वह रात हमें 'छतर' नामक एक पड़ाव पर काटनी थी। हमारे तीन ताँगे सामान और बच्चों को लिये तो पहुँच गये, किन्तु पूज्य पिता जी का ताँगा पीछे एक सुरंग से टकरा जाने से नहीं पहुँचा। अँधेरी रात, घना जंगल और नदी-नालों की भयानक 'शॉ-शॉ'। ऐसे समय चिन्ता होनी स्वाभाविका थी। नौकर भी पीछे पिता जी के साथ था। कौन उन्हें लेने जाता? माता जी निर्भीकता से ताँगे वालों के समूह में खड़ी हुईं और कहने लगीं, "भाइयो, मेरा मालिक पीछे रह गया है और मैं अकेली हूँ। छोटे-छोटे बच्चे साथ हैं। आप लोगों में से कौन साहसी पुरुष है, जो उन्हें लिवा लाए? दस रुपये इनाम दिये जाएँगे।" ताँगे वाले प्रायः अकेला समझ परेशान करते थे, किन्तु माता जी के कहने के ढंग ने उन्हें ऐसा प्रभावित किया कि वे सब एक साथ कहने लगे, "नहीं जी, रुपयों की कुछ बात नहीं! यह तो हमारा कर्तव्य है।" फौरन दो ताँगे जुतकर गये और पाँच मील का कठिन उतार-चढ़ाव पार कर उन्हें लिवा लाये।

बातें साधारण हैं, किन्तु मेरे लिए अमिट हैं। फिर जिन अत्यन्त प्रियजनों के साथ हम एकप्राण होते हैं, उनकी क्या बातें भूल जाएँ और

क्या स्मरण करें? विवाह के दिन दोपहर के समय एकान्त में जो शिक्षाएँ वे मुझे दे रही थीं–"मुझे अपनी दूसरी माँ (सास) मिल जाएगी। ननद-जिठानियाँ बहनों के बदले होंगी, शरीर-रक्षा और भोजन के सम्बन्ध में कितनी ही बातें, किसी की गरीबी, दुर्बलता एवं बड़े परिवार देखकर हँसी मत उड़ाना, किसी काम में आलस्य कदापि न करना, अपने पिता जी का नाम सदा उज्ज्वल करना, अपयश ससुराल वालों की अपेक्षा माँ-बाप का ही होता है..." इत्यादि–वे मुझे आज भी स्मरण हैं, किन्तु वे काम के लिए इतना कहती थीं तो क्यों? जब वे दयानन्द शताब्दी के अवसर पर मथुरा, आगरा होते हुए दिल्ली आयी तो लगातार दो घंटे तक मुझे रोटी बनाते देख आँसू भरकर उन्होंने बार-बार मेरे हाथ चूम लिये थे। और जब मैं प्रथम बार दिल्ली से होकर श्रीनगर गयी तो क्यों सारी रात उन्होंने पन्द्रह-सोलह वर्ष की इतनी बड़ी लड़की को पास सुलाए रखा? वर्षों तक यह मेरी स्थूल बुद्धि में नहीं आया।

दिल्ली से लौटकर उन्हीं गर्मियों में वे प्रसूत ज्वर से बिस्तर पर ऐसी पड़ीं (छह बहनों के बाद एक भाई और जाता रहा) कि उठ नहीं सकीं। वे दिन अत्यन्त करुण हैं, शुश्रूषा आदि मुझे ही करनी होती थी। उनके दुःख को याद कर काँप उठती हूँ। बीमारी के दिनों में भी वे पिता जी के उदास मुख को देख उन्हें सहज विनोद से हँसा देतीं। उनके बाहर से आकर हाल पूछने पर सदा ही यह उत्तर होता–"बहुत अच्छा, पहले से ठीक है।" पिता जी के लिए जो थाली परोसकर आती तो वे उचककर देख लेतीं कि खाना उन्हें ठीक मिल रहा है या नहीं? उनकी कमीज पर बटन लग रहे हैं, बूटों पर पॉलिश हुई है? (क्योंकि पिता जी के इन कामों को उन्होंने किसी पर नहीं छोड़ा था।) पिता जी ने भी डेढ़ वर्ष तक सारा कामकाज छोड़, लगकर दिन-रात उनकी सेवा की। अन्त में जाड़ा अधिक हो जाने के कारण डॉक्टरों ने उन्हें पंजाब चले जाने की सम्मति दी। अन्तिम बार मोटर में बैठे हुए जब उन्होंने मेरा माथा चूमकर विदा ली और आसपास खड़े छोटे बच्चों को रुद्ध कंठ से मानो मुझे सौंप जाने का संकेत किया, वह आजीवन मेरे हृदय पर लिखा रहेगा। उस करुण दृश्य को देखकर मोटर ड्राइवर तक रोकर बोल उठा, "आपणियाँ माँवा ठंडियाँ छाँवा"–अर्थात् अपनी माँ शीतल छाया होती है।

वे स्वयं भी तो कहा करती थीं, "मुर्गी जैसे पंखों के नीचे नन्हे चूजों को सँभाले रखती है, आँच नहीं आने देती, इसी प्रकार छोटे बच्चों के लिए गरीब माँ का होना भी आवश्यक है।"

कुछ दिन बाद पिता जी लौटे तो सुनाया कि एक बार वे मुझे और

भाई को देखना चाहती थीं। वे चाहती थीं—उनकी अर्थी के पीछे कीर्तन-भजन होते जाएँ। कोई रोए नहीं। शुद्ध खादी की साड़ी भी पूर्व ही उन्होंने मँगा ली थी। अन्तिम दिन प्रातःकाल उन्होंने पूछा, "मेरे बचने की अब कोई आशा नहीं?" जब तक साँस है, तब तक आशा रखनी चाहिए, किन्तु जैसे उस दिन वे समझ गयी थीं। अन्तिम बार उसी समय उन्होंने पिताजी के साथ मिलकर यह पद गाया—

साँची प्रीति प्रभु तुम संग जोड़ी।
तुम संग जोड़ जगत् संग तोड़ी।।

और वेद-मन्त्रों का पाठ करती हुई कुल अड़तीस वर्ष की आयु में ही, जबकि उनकी अल्हड़ बच्चियों को अपार स्नेह और बहुत कुछ सीखने की आवश्यकता थी, चली गयीं।

('अमिट रेखाएँ' से)

राष्ट्रमाता बा

सम्भवतः उन दिनों डॉ. अंसारी की कोठी में 'गाँधी-इर्विन पैक्ट' की धूम थी। बहन उर्मिला अपने दैनिक पत्र 'जन्मभूमि' के लिए सबेरे-सबेरे पूज्य बापू का सन्देश लेने जा रही थीं। किसी भव्य मन्दिर में अद्भुत दृश्यों की कल्पना से माँ का आँचल पकड़ उचक-उचककर चलने वाले शिशु की भाँति मैं भी साथ चल दी।

एक स्वयंसेवक हमें एक छोटे-से हॉल में ले गया। एक ओर ऊपर तक बिस्तरों के ढेर तथा कपड़े के लटके थैलों में वस्त्र आदि, दूसरे कोने में चरखे करीने से रखे थे, तीसरे में स्टोव तथा छोटी अँगीठी पर खान-पान की व्यवस्था हो रही थी। कमरे के बीचोबीच मानो उस सुव्यवस्थित वातावरण की प्रतिमा-सी, मृदु हँसी एवं भाल पर कुंकुम दिये एक वृद्धा स्त्री चरखा कात रही थी। देखते ही मुझे बा का अनुमान हो आया। हम दोनों वहीं उनके पास बैठ गयीं। इसी समय शुभ्र चादर ओढ़े एक सौम्य मूर्ति ने प्रवेश किया और बा से कुछ पूछा। इतने समीप, उन्हीं के घर पर!...उस समय उस महान् आत्मा के आगे प्रणत होने के सिवा कुछ सूझ न पड़ा।

बाहर के कई विशेष व्यक्तियों से महात्मा जी की आवश्यक बातचीत का समय निश्चित था। अतः हमें काफी देर बा के पास बैठने का अवसर मिला। बहन उर्मिला द्वारा लिखित 'कारागार' की भूमिका बा ने ही लिखी थी। उनसे उर्मिला का परिचय शायद कारावास के दिनों में ही अधिक रहा होगा। सो वे दोनों परस्पर जेल के अनुभवों की बातें करती रहीं।

एक शीतल सघन छाँह में से मानो उठकर, घर आते ही सब लोगों ने घेरकर उत्सुकता से प्रश्न किए, तो मैंने कहा, "कुछ भी नहीं! ठीक साधारण मुसाफिरों की तरह वे लोग रहते हैं। खासकर बा तो नितान्त ही साधारण स्त्री हैं।" लौटती बार वहाँ की पांथशाला की अनुपम सुव्यवस्था ने मुझे लुभा लिया था।

कन्याओं के लिए एक उपयोगी संग्रह की इच्छा बहुत दिनों से मन में थी। गाँधीजी की पूजनीया जननी का रेखाचित्र उसमें अवश्य होना चाहिए, इसी सम्बन्ध में दोपहर के समय बा से मिलने के लिए हरिजन बस्ती गयीं। उस दिन प्रातः प्रार्थना में भी सम्मिलित होने का मुझे सौभाग्य प्राप्त हुआ था। जाड़े के दिनों में सबेरे चार बजे पैंसठ वर्षीया नारी को नंगे पैर, हाथों में लैम्प लिये आश्रम में स्फूर्ति से घूमते और मध्याह्न से पाँच बजे तक उसी उत्साह से इधर-उधर, ऊपर-नीचे कामकाज में व्यस्त देखकर मेरे आश्चर्य की सीमा न रही। उनकी पुत्रवधू श्रीमती देवदास गाँधी द्वारा जब मैंने अपना अभिप्राय बताया तो बोलीं, "भई, पहले तो मुझे बापू को जिमाना है।" मुझे अकस्मात् हँसी आ गयी, मानो बापू उनके बच्चे हों, खाना-खिलाना, घी-तेल मलना। ज्ञात हुआ--आज बापू का जन्मोत्सव है। बापू बा के हाथों ही खाएँगे और बा उन्हें खिलाकर ही उपवास तोड़ेंगी।

"उसने बहुत कुछ लिख दिया है। मैं और क्या कहूँ! अच्छा, चलो, कुछ जलपान कर लो।"

घंटा-भर प्रतीक्षा करने के बाद 'खा-पी लो, जलपान कर लो,' यही उत्तर पाकर मैंने झुँझलाकर यह निष्कर्ष निकाला कि बा पुराने ढंग की भोली-भाली अतिसाधारण स्त्री हैं, जिन्हें निजी व्यक्तित्व तथा अपनी कुछ कहने-सुनने के लिए, खिलाने-पिलाने, घर के कामकाज आदि से तनिक भी फुर्सत नहीं।

तो भी उस अत्यन्त साधारण नारी के मृदु व्यवहार के प्रति आकर्षण बढ़ता ही गया। दो-एक वर्ष बाद पुनः जब वे यहीं कनॉट सर्कस में अपने कनिष्ठ पुत्र श्री देवदास गाँधी के यहाँ ठहरीं तो मैं मिलने गयी।

स्वस्थ थीं, पर खाली तब भी न बैठी थीं। मैंने अपना कहानी-संग्रह 'दो फूल' उनका नाम लिखकर भेंट किया तो विशेष प्रसन्न हुईं। अपने दोनों नातियों को बुलाकर परिचय कराया। तब उपयुक्त अवसर जानकर मैंने उनके प्रारम्भिक जीवन तथा उनकी स्वर्गीया सास के बारे में बातचीत शुरू की। स्मृतिस्वरूप ऐसी कितनी ही लज्जास्मित रेखाएँ उस वृद्ध चेहरे पर दौड़ गयीं, जो कभी भूल न सकूँगी।

बहुत-सी बातें चरखा कातते-कातते वे सुनाती रहीं, जिनकी मधुरता से मैं उन्हें लिपिबद्ध करना भूल गयी। ऐसे अपनत्व में जान ही न पड़ा कि मैं किसी विशेष कार्य से आयी हूँ।

अकस्मात् गाड़ी में कहीं जाते-जाते समाचार मिला, 'बा इस संसार

में नहीं हैं।' एकाएक आत्मकथा के कितने ही पन्ने आँखों के सामने पलट गये :

"जब मुझे विवाह का स्मरण हो आता है तो अपने पर दया आने लगती है। तेरह वर्ष की उमर में हमारा विवाह हुआ और उन बच्चों को बधाई देने की इच्छा होती है कि वे मेरी दुर्गति से अब तक बचे हुए हैं।

"मैं एक बुरे आदमी की सोहबत में पड़ गया। पत्नी की चेतावनी पर तो मैं अभिमानी पति क्यों ध्यान देने लगा था...फिर मैं बड़ा डरपोक था। रात को अकेला जाने की हिम्मत न होती थी और पत्नी के सामने, जो अब कुछ युवती हो चली थी, भय की बातें करते हुए संकोच होता था; क्योंकि मैं इतना जान चुका था कि वह मुझसे अधिक हिम्मत वाली है...उसे साँप वगैरह का भय तो छू भी न गया था...अँधेरे में अकेली चली जाती है।

"मैं जैसा प्रेमी पति था, वैसा बहमी पति भी था। इस बुरे मित्र की बातें मानकर मैंने अपनी धर्मपत्नी को कई बार दुःख में डाला है। इस हिंसा के लिए मैंने कभी अपने को माफ़ नहीं किया। हिन्दू स्त्री ही ऐसे दुःखों को सहन कर सकती होगी और इसलिए मैंने स्त्री को सदा सहनशीलता की मूर्ति माना है। नौकर-चाकर पर यदि झूठा वहम आने लगे तो वे नौकरी छोड़कर चले जाते हैं। पुत्र पर ऐसी बीते तो वह बाप का घर छोड़कर चला जाता है। मित्रों में वहम पड़ जाए तो मित्रता टूट जाती है। पत्नी को यदि पति पर शक हो तो वह बेचारी मन मसोसकर रह जाती है। पर यदि पति के मन में पत्नी के लिए सन्देह हो तो बेचारी का भोग भोगे ही छुटकारा! वह कहाँ जाए? उच्च वर्ण की हिन्दू स्त्री अदालत में जाकर तलाक भी नहीं दे सकती। ऐसा एक पक्षीय न्याय उसके लिए रखा गया है। यही न्याय मैं उसके साथ करता। इस दुःख को मैं कभी भूल नहीं सकता।

"जोहान्सबर्ग में मेरा एक कारकुन ईसाई था। उसके माँ-बाप पंचम जाति के थे। कमरों में हमारे घर में पेशाब के लिए एक अलग बर्तन होता था। उसे साफ करने का काम हम दोनों का था, नौकरों का नहीं। और बर्तन तो कस्तूरबाई उठाकर साफ कर देती, लेकिन इस भाई का बर्तन उठाना उसे असह्य मालूम हुआ। इससे हम दोनों की आपस में खूब चली! यदि मैं उठाता हूँ तो उसे अच्छा नहीं मालूम होता! और खुद उसके लिए उठाना कठिन था। फिर भी आँखों से मोती की बूँदें टपक रही हैं। एक हाथ में बर्तन है और अपनी लाल-लाल आँखों से उलाहना देती हुई कस्तूरबाई सीढ़ियों से उतर रही

है। यह चित्र मैं आज भी ज्यों का त्यों खींच सकता हूँ; परन्तु मैं जैसा सहृदय और प्रेमी पति था, वैसा ही निष्ठुर और कठोर भी। मैं अपने को उसका शिक्षक मानता था। इससे अपने अन्ध-प्रेम के अधीन हो मैं उसे खूब सताता था। इस कारण महज उसके बर्तन उठा ले जाने-भर से सन्तोष न हुआ। मैंने चाहा कि वह उसे हँसते हुए ले जाए। और उसके लिए मैंने उसे डाँटा-डपटा भी। उत्तेजित होकर कहा– "देखो, यह बखेड़ा मेरे घर में न चल सकेगा।"

मेरा यह बोल कस्तूरबाई को तीर की तरह लगा। धधकते हुए दिल से उसने कहा, "तो लो रखो यह अपना घर! मैं चली!"

"उस समय मैं ईश्वर को भूल गया था। दया लेशमात्र मेरे हृदय में न रह गयी थी। मैंने उसका हाथ पकड़ा। सीढ़ी के सामने ही बाहर निकलने का दरवाजा था। मैं उस दीन अबला का हाथ पकड़कर दरवाजे तक खींचकर ले गया। दरवाजा आधा खोला कि आँखों से गंगा-जमुना बहाती हुई कस्तूरबाई बोलीं–"तुम्हें तो कुछ शर्म है ही नहीं, पर मुझे है। जरा तो लजाओ। मैं बाहर निकलकर आखिर जाऊँ कहाँ? माँ-बाप भी यहाँ नहीं कि उनके पास चली जाऊँ। मैं ठहरी स्त्री! इसलिए मुझे तुम्हारी धौंस सहनी पड़ेगी। अब जरा शर्म करो और दरवाजा बन्द कर लो। कोई देख लेगा तो दोनों की फजीहत होगी।"

"मैंने अपना चेहरा सुर्ख बनाये रखा; पर मन में शरमा गया। दरवाजा बन्द कर दिया। जब पत्नी मुझे छोड़कर नहीं जा सकती थी, तब मैं उसे भी छोड़कर कहाँ जा सकता था। इस तरह हमारे आपस में लड़ाई-झगड़े कई बार हुए हैं; परन्तु उनका परिणाम सदा ही अच्छा निकला है। उसमें पत्नी ने अपनी अद्भुत सहनशीलता के द्वारा विजय प्राप्त की है।

"आज मैं तब की तरह मोहान्ध पति नहीं हूँ, न उसका शिक्षक ही हूँ। हम आज एक-दूसरे के भुक्तभोगी मित्र हैं। एक-दूसरे के प्रति निर्विकार रहकर जीवन बिता रहे हैं। कस्तूरबाई आज ऐसी सेविका बन गयी है, जो बीमारियों में बिना प्रतिफल की इच्छा किए शुश्रूषा करती है। मेरे पीछे-पीछे चलने में उसने अपने जीवन की सार्थकता मानी है और स्वच्छ जीवन बिताने के मेरे प्रयत्नों में उसने कभी बाधा नहीं डाली। इस कारण हम दोनों की बुद्धि और शक्ति में बहुत अन्तर है तो भी मेरा खयाल है कि हमारा जीवन सन्तोषी, सुखी और ऊर्ध्वगामी है।

"1896 में जब मैं देश आया था, तब भी भेंटें मिली थीं; पर इस

बार की भेंटों में सोने-चाँदी की चीजों के अतिरिक्त हीरे की चीजें भी थीं। एक पचास गिन्नी का हार कस्तूरबाई के लिए था, मगर उसे जो चीज मिली थी, वह भी तो मेरी ही सेवा के फलस्वरूप। अतएव मैं लोकसेवा के उपलक्ष्य में दी गयी चीजें (चाहे वह मुवक्किलों से ही हो) कैसे मंजूर कर सकता था?

"जिस शाम को वे उपहार मिले, वह रात मैंने पागल की तरह जागकर काटी। न लेना भारी पड़ रहा था; पर लेना उससे भी भारी मालूम होता था, क्योंकि मेरे बच्चों और पत्नी को तालीम तो सेवा की मिल रही थी—'सेवा का दाम नहीं लिया जा सकता'—यह हमेशा सिखाया जाता था। सादगी बढ़ती जाती थी—घर में कीमती जेवर, घड़ियाँ, हीरे की अँगूठियाँ कौन पहनेगा?

"अन्त में इस निर्णय पर पहुँचा कि वे चीजें मैं हरगिज नहीं रख सकता। मैं जानता था कि धर्मपत्नी को समझाना कठिन पड़ेगा; पर विश्वास था कि बालकों को समझाने में जरा भी दिक्कत पेश न आएगी। अतः उन्हें वकील बनाने का विचार किया। बच्चे तुरन्त समझ गये और बोले—'हमें इन गहनों से कुछ मतलब नहीं। चीजें लौटा देनी चाहिए।' मैं प्रसन्न हुआ—'तो तुम बा को समझाओगे न?'

"'जरूर, वह कहाँ इन गहनों को पहनने चली हैं!' परन्तु काम अन्दाज से ज्यादा मुश्किल साबित हुआ।

"तुम्हें चाहे जरूरत न हो और लड़कों को भी न हो, बच्चों का क्या? जैसा समझा दें, समझ जाते हैं। मुझे न पहनने दो, पर मेरी बहुओं को जरूरत न होगी? जो चीजें इतने प्रेम से लोगों ने दी हैं, उन्हें वापस लौटाना नहीं।'—इस प्रकार वाग्धारा शुरू हुई और उसके साथ अश्रुधारा भी आ मिली। लड़के दृढ़ रहे और भला मैं क्यों डिगने लगा!

"मैंने धीरे से कहा—'पहले लड़कों की शादी तो होने दो। हम बचपन में तो इनके विवाह करना चाहते ही नहीं हैं। बड़े होने पर जो इनका जी चाहे, सो करें। फिर हमें गहने-कपड़ों की शौकीन बहुएँ खोजनी हैं? फिर भी अगर कुछ बनवाना होगा तो मैं कहाँ चला गया हूँ?'

'हाँ, जानती हूँ तुमको! वही न हो, जिन्होंने मेरे भी गहने उतार लिये हैं! जब मुझे ही नहीं पहनने देते हो तो मेरी बहुओं को जरूर ला दोगे! लड़कों को तो अभी से बैरागी बना रहे हो! पर इन गहनों को मैं वापस नहीं होने दूँगी! और फिर हार पर तुम्हारे क्या हक?'

"'यह हार तुम्हारी सेवा की खातिर मिला है या मेरी?'

"'जैसा भी हो। तुम्हारी सेवा में क्या मेरी सेवा नहीं है? मुझे रुला-रुलाकर जो ऐरे-गैरों को घरों में रखा और मुझसे सेवा-टहल करायी, वह कुछ भी नहीं?'

"ये सब बाण तीखे थे। कितने ही चुभ रहे थे, पर गहने लौटाने का निश्चय तो कर चुका था। अन्त को बहुतेरी बातों में जैसे-तैसे सम्मति प्राप्त कर सका।"

"किन्तु अगले दस वर्षों की कठोरताओं ने युवती बा के जीवन को कुछ और ही बना दिया। उनके हठधर्मी पति का अवतरण केवल मानव-समाज के कल्याण के हेतु हुआ है, यह उसने पहचान लिया और नारी-सुलभ सभी स्वाभाविक आकांक्षाओं की आहुति दे दी।

"1912 में एक ऐसा मामला अदालत में आया, जिसमें न्यायाधीश ने यह फैसला दिया कि दक्षिण अफ्रीका के कानून में उसी विवाह के लिए स्थान है, जो ईसाई धर्म के अनुसार होता है—अर्थात् जो विवाह अधिकारी के रजिस्टर में दर्ज कर लिया जाता है, उसके सिवा और किसी विवाह के लिए उसमें स्थान नहीं। इस भयंकर फैसले के अनुसार हिन्दू, मुसलिम, पारसी, सभी विवाह रद्द करार दे दिये गये और उसकी मंशा के अनुसार दक्षिण अफ्रीका में विवाहित कितनी ही भारतीय स्त्रियों का दर्जा धर्मपत्नी का न रहा। वे सरासर रखैलियाँ समझी जाने लगीं। स्त्रियों का ऐसा अपमान होने पर धीरज धारण कैसे किया जा सकता था? स्त्रियों को सत्याग्रह में शामिल होने से हम कैसे रोक सकते थे? सभी तो जेल जाने को तैयार थीं। किन्तु अपनी पत्नी को इस विषय में मैं नहीं कहना चाहता था, क्योंकि ऐसे जोखिम के समय सभी अपने आप जो काम करें, उसी को मंजूर कर लेना हितकर होता है; किन्तु पत्नी ने कहीं न कहीं यह सब सुन लिया, बोली—

"'दुःख है कि आप मुझसे इस विषय में बातचीत क्यों नहीं करते! मुझमें कौन-सी खामी है, जो मैं जेल न जा सकूँगी? मैं भी उसी पथ पर चलना चाहती हूँ, जिसके लिए आप इन बहनों को सलाह दे रहे हैं।'

"पर अगर अदालत में खड़ी रहते समय तुम्हारे हाथ-पाँव काँपने लगें, हिम्मत हार जाओ, जेल के कष्ट बर्दाश्त न कर सको तो मेरा क्या हाल होगा? संसार में हम ऊँचा सिर करके कैसे खड़े रह सकेंगे?'

"यदि मैं हिम्मत हारकर छूट जाऊँ तो आप मुझे अंगीकार मत

कीजिएगा। आप यह कल्पना भी कैसे कर सकते हैं कि आप और बच्चे तो उन कष्टों को सह सकते हैं—अकेली मैं ही उन्हें नहीं सह सकूँगी! मुझे तो आपको इस युद्ध में शामिल करना ही पड़ेगा।'

"तुम मेरी शर्त भी जानती हो। स्वभाव से भी परिचित हो। अब भी विचार करना हो तो कर लो।'

"मुझे कुछ सोचना-विचारना नहीं है। मैं अपने निश्चय पर दृढ़ हूँ।'

"और वास्तव में स्त्रियों की बहादुरी का वर्णन करना कठिन है। नेटाल की राजधानी मैरित्सबर्ग की जेल में वे रखी गयीं, उन्हें खूब कष्ट दिये गये, खान-पान की जरा भी चिन्ता नहीं की जाती थी—काम उन्हें धोबी का दिया गया—बाहर से खाना मँगाने की सख्त मनाही थी। कस्तूरबा को बीमार होने के कारण जैतून का तेल आदि खास तरह का भोजन मिलना चाहिए था; किन्तु अधिकारियों का उत्तर था, 'यह होटल नहीं। जो मिलेगा वही खाना पड़ेगा।' इसी से जब वह जेल से छूटीं तो बदन में हड्डियाँ-भर रह गयी थीं और बड़ी मुश्किल से बचीं।

"पुनः स्वदेश लौट आने पर किस प्रकार उन्होंने बार-बार अपने को अर्पण किया। जीवन के कटु अनुभवों ने उन्हें ढालकर जिस ऊँचे मानसिक स्तर पर पहुँचा दिया, बिना एक शब्द भी किसी से प्रोत्साहन अथवा मुस्कराहट के निरन्तर युद्ध में जिस प्रकार वे जूझती रहीं—सत्याग्रह-आश्रम साबरमती या फिनिक्स, डरबन या सेगाँव! आश्रम संस्थाओं का परिपूर्ण संचालन और आतिथ्य करने वाली! तिस पर भी अनेक अग्नि-परीक्षाएँ!"

सहसा जी काँप उठा। उस साधारण नारी की कठोर साधना में बीते लम्बे, असाधारण जीवन की ओर दौड़ती हुई मेरी आँखें सजल हो उठीं। हृदय से अनायास निकल पड़ा—

बा की तुलना महलों में वियोग के आँसू बहाने वाली यशोधरा एवं उर्मिला से नहीं, अपितु चिरसंगिनी सीता अथवा प्राणदात्री सावित्री से ही हो सकती है। शरत्-चाँदनी की तरह उज्ज्वल, जाह्नवी की पुण्यधारा-सी निर्मल, युगान्तर से अपने अस्तित्व को मिटाकर पुरुष को गौरव प्रदान करती हुई भारतीय नारी का श्रेष्ठ स्वरूप, जिसके दोनों महिमामय हाथ पालना झुलाते, पलकें प्रतीक्षा में और प्राण छाया की भाँति साथ-साथ चलते हैं।

('अमिट रेखाएँ' से)

मैडम क्यूरी

"मई 7, 1906–

"मेरे पीरी, मैं निरन्तर तुम्हारा ही ध्यान करती रहती हूँ। सिर फटा जाता है, अकल हैरान है। अब तुम्हारे बिना दिन काटने होंगे। अब अपनी मुस्कराहट किसके सामने प्रकट करूँगी, ये बातें मेरी समझ में नहीं आतीं।

"पिछले दो दिनों से वृक्ष में नयी कोंपलें आ गयी हैं, बगीचे ने सुन्दर रूप धारण कर लिया है। आज अपनी दोनों बालिकाओं को उपवन में देखा। अगर तुम आज होते तो अपनी लड़कियों की सुन्दरता पर मुग्ध हो जाते और मुझे बुलाकर दिखलाते कि अमुक-अमुक पौधों में फूल फूल रहे हैं। आज तुम्हारी समाधि पर 'पीरी क्यूरी'–ये शब्द क्यों लिखे गये हैं? आज प्राकृतिक सौन्दर्य मेरे मन के लिए कष्टदायक हो रहा है।

"मई 11–

"मेरे पीरी, आज नींद कुछ ठीक आयी, चित्त थोड़ा-सा शान्त था। अभी उठे-उठे पन्द्रह मिनट भी नहीं हुए और अब मेरा मन जंगली जानवर की तरह चिल्लाने को होता है।

"मई 14–

"मेरे छोटे पीरी! लेबरनम पौधे में फूल आ गये हैं और दूसरे पौधे भी पुष्पित होने को हैं। तुम्हें कितनी खुशी इन पौधों को देखकर होती है, पर अब मुझे न तो सूरज की धूप पसन्द है और न फूलों का खिलना ही। उनके दर्शनमात्र से मुझे कष्ट होता है। अब मुझे अन्धकार प्रिय लगता है–वैसा ही अन्धकार, जैसा तुम्हारी मृत्यु के दिन था। यदि मैं अच्छे मौसम को घृणा करने लगी तो इसका कारण यह है कि मेरी प्यारी लड़कियों के लिए सुन्दर ऋतु की आवश्यकता है।"

"मई 22–

"आज सारे दिन प्रयोगशाला में काम करती रही। और कर ही क्या

सकती हूँ? यहीं अपनी प्रयोगशाला में अन्य स्थानों की अपेक्षा मेरी तबीयत ठीक रहती है। सम्भवतः वैज्ञानिक कार्य के सिवा और किसी बात से मुझे हार्दिक प्रसन्नता नहीं हो सकती। पर वैज्ञानिक अनुसन्धान की सफलता से भी मुझे हार्दिक प्रसन्नता नहीं हो सकती। पर वैज्ञानिक अनुसन्धान की सफलता से भी मुझे आनन्द नहीं मिलेगा, क्योंकि तुम्हारे बिना उस आनन्द का अनुभव मेरे लिए असम्भव होगा।

"जून 10–

"हर चीज़ दुःखदायी और अन्धकारमय है। हाँ, जिन्दगी के गोरखधन्धों से मुझे इतनी भी फुर्सत नहीं मिलती कि मैं शान्तिपूर्वक अपनी पीरी का ध्यान कर सकूँ।"

ये हैं वैज्ञानिक-जगत् की उस अमर साधिका मैडम क्यूरी की डायरी के कुछ पन्ने, जो उन्होंने अपने पति के स्वर्गवास के बाद लिखे थे।[1]

रेडियम देखने अथवा रसायनशास्त्र के विषय में, जिन पर मैडम क्यूरी को दो बार 'नोबल पुरस्कार' मिला था, भले ही ज्ञान न हो, किन्तु सुन्दर प्रवाहमय उपन्यास की भाँति रोचक उनके जीवन-चरित के पन्ने उलटते हुए उपर्युक्त शब्द किसके हृदय को न झकझोर डालेंगे? वह महत्त्वपूर्ण जीवनधारा किन-किन बृहत् चट्टानों से टकराती हुई यहाँ तक पहुँची कि ऐसा करुण अध्याय आ उपस्थित हुआ।

वह छोटी बच्ची मान्या सुयोग्य माता और मेधावी पिता की अन्तिम सन्तान थी, जिसने कुल चार ही वर्ष की अवस्था में बुद्धि की प्रखरता का परिचय इस प्रकार दिया था--

"गये दिन माता-पिता बड़ी बहन ब्रोन्या को पढ़ा रहे थे। ब्रोन्या को धीरे-धीरे पढ़ते देख मान्या ने किताब हाथों से छीन ली और स्वयं खटाखट पढ़ने लगी। सब दंग रह गये, सन्नाटा छा गया, क्योंकि उन्हें तनिक भी पता नहीं था कि मान्या बहन से चुपके-चुपके पढ़ना सीख गयी है। माँ-बाप को चकित देखकर मान्या डर गयी। उसने बहन पर दृष्टि डाली और फिर ज़ोर से रोना शुरू किया, माफ करो! अम्मा, मेरा कोई कसूर नहीं। ब्रोन्या का भी नहीं। पुस्तक आसान थी, इसी से पढ़ गयी'।"

असाधारण बच्चे आरम्भ से ही घर के वातावरण से प्रेरणा ग्रहण करते रहते हैं। मान्या के जीवन में भी ये वस्तुएँ प्रेरणादायक बनीं–

एक तो पोलैंड ज़ारशाही के अधीन हो सभी प्रकार से तुच्छ समझा जाना, दूसरे पिता की विद्वत्ता एवं संस्कृति। पिता की मेज़ पर पड़े चमकते

1. श्री पीरी क्यूरी का देहान्त 16 अप्रैल, 1906 को एक घोड़ागाड़ी से दबकर हो गया

वैज्ञानिक यन्त्र उसके लिए घर-भर में सबसे अधिक आकर्षक वस्तु थे; जिन्हें वह प्रायः उचक-उचककर देखा करती और उनके नाम रट लेती। शायद वह इस प्रतीक्षा में थी कि कब बड़ी हो और उन्हें हाथ में ले। स्मृति बड़ी तेज़ थी। घर में उसके मन पर बातों-बातों में ज़ार, सिपाही आदि शब्द जम गये। निरन्तर आर्थिक कष्ट सहते-सहते माँ को तपेदिक हो गयी थी। वह बच्चे-बच्चियों को अलग-अलग रखना पसन्द करतीं। उस अवस्था में घर का सब कार्य सँभालते हुए भी उन्होंने बच्चों के बूट तक बनाना सीख लिया था। मान्या माँ के साथ रहना चाहती, उनके स्वास्थ्य के लिए प्रार्थनाएँ करती, पर एक दिन जब उनकी बड़ी बहन् जोशिदा और बाद में मधुर मूर्ति जननी प्यारे बच्चों को एकटक देखती हुई विदा हो गयी तो मान्या के हृदय को असह्य आघात पहुँचा।

वह उसी गिरजे में गयी जहाँ माँ के साथ निरन्तर जाया करती थी। घुटने टेके, किन्तु अब उसके अल्हड़ मन में श्रद्धा के बदले संघर्ष था—'वह क्यों झुके, क्यों प्रार्थना करे, जबकि इतने अन्याय से उसकी प्रिय से प्रिय वस्तुएँ नष्ट कर डाली जाती हैं?'

इधर पिता पर भाग्य ने दोनों ओर से क्रूरता खेली। तीस हज़ार रुपये एक चचेरे भाई ने काम में डुबो दिये। उधर ज़ारशाही के सामन्तों ने जानबूझकर उन्हें अध्यापक पद से हटा दिया। इन सब बातों ने बच्ची मान्या को इतना ध्यानमग्न बना दिया कि पुस्तक पढ़ने बैठती तो चाहे कितना कोलाहल क्यों न हो, उसे पता न चलता।

उसने अपने पिता से, जो विज्ञान के अतिरिक्त ग्रीक, लेटिन, अंग्रेजी, फ्रेंच आदि सब भाषाएँ जानते और इनकी प्रमुख कृतियों का स्वयं पोलिश में अनुवाद करते थे, विश्व-साहित्य की अनुपम कृतियों का ज्ञान प्राप्त कर लिया। प्रति शनिवार को सायंकाल वह चारों बच्चों को लेकर एकान्त-शान्त वातावरण में बैठ जाते। चुने हुए लेख और कविताएँ पढ़ते-पढ़ते वृद्ध स्कोल्डवस्की की घनी दाढ़ी-भरा चेहरा चमक उठता। मान्या आजन्म इन सायंकालों को भूली नहीं और सदा स्मरण कर कृतज्ञता से भर उठती थी कि कैसे बौद्धिक एवं सांस्कृतिक वातावरण में वह पली है। उसी से अन्य भाई-बहनों की अपेक्षा वह अपने पिता के अद्भुत व्यक्तित्व की ओर अधिक आकर्षित हुई और उनके गहन अन्तर में छिपी घनी उदास छाया एवं कष्टों व कठिनाइयों को पहचानकर उनके समीप होती गयी।

कभी-कभी संयम का बाँध टूट पड़ता, "वह रुपया छिन न जाता तो तुम लोगों को ऊँची शिक्षा प्राप्त करने मुझे बाहर भेजना था..." कहते-कहते प्रोफेसर एक ठंडी साँस लेते, पर चारों प्रतिभाशाली बच्चों के चेहरे मानो धीमे प्रकाश में आशा और उत्सुकता से भर एक-दूसरे से हँस-हँसकर कह उठते, "हममें शक्ति है। हम युवा हैं। अवश्य सफलता प्राप्त करेंगे।"

और वास्तव में वे परिवार के संकट को दूर करने पर तुल गये। निश्चय किया कि अपने-अपने विषयों अर्थात् चिकित्सा, गणित, फ्रेंच आदि में जैसी मिलें, ट्यूशन ले लेंगे। इस प्रकार सब भाई-बहन थोड़े-थोड़े वेतन पर उन सैकड़ों युवक-युवतियों की श्रेणी में जा सम्मिलित हुए, जो वार्सा की गलियों में निरन्तर नौकरी की तलाश में फिरते रहते थे।

वह कार्य कितना थकाने वाला और समाज की दृष्टि में कितना अगौरवपूर्ण माना जाता है, मान्या ने सत्रह वर्ष की अवस्था में ही वह जान लिया। वर्षा में, धूप में, भयंकर सर्दी में जबकि मुहल्ले की बुझी बत्तियाँ वातावरण को भयानक और उदास बना देतीं, सदा उसे लाडले बच्चे की प्रतीक्षा करनी पड़ती और लोग समय पर वेतन देना भूल जाते।

"घर में फूल खिलने वाले हैं; पर कुछ नवीनता नहीं। पत्र लिखने तक का वक्त नहीं। हाँ, आज एक व्यक्ति ट्यूशन के लिए पूछने आया; पर ब्रोन्या ने जब उसे आधा रूबल एक घंटे के लिए कहा तो वह ऐसे भागा, मानो मकान में आग लग गयी हो," ऐसा वह डायरी में लिखती है। तो भी छात्रों की संख्या बढ़ी, किन्तु इस पोलिश कन्या की जीवनधारा का दूसरा प्रवाह अन्दर ही अन्दर अपने स्वप्नों को पूर्ण करने का प्रयत्न कर रहा था।

इन दिनों प्रायः सभी पोलिश निवासियों के अन्दर राष्ट्रीयता की भावना उग्र रूप में फैल रही थी। प्रत्येक युवक और युवती अपने को अर्पण करना चाहता था। रूस के विरोध में अनेक क्रान्तिदलों की स्थापना हो चुकी थी, किन्तु मान्या ने उन बम फेंकने और हत्या करने वाले दलों में न पड़कर एक ऐसे सांस्कृतिक दल से सम्बन्ध बना लिया, जिसका लक्ष्य केवल पोलैंड के लिए उन्नत, विकसित एवं सांस्कृतिक केन्द्र स्थापित करना और निर्धन जनता की शिक्षा का विकास करना था, जिसे अधिकारियों ने जानबूझकर अन्धकार में रख छोड़ा था।

अन्य देशों की भाँति वार्सा में भी इन दिनों इस युग के दार्शनिक

विचारों ने इस आन्दोलन को विशेष दिशा दी, जिससे वैज्ञानिकों का दर्जा लेखकों व साहित्यकारों से ऊपर माना जाने लगा।

फ्लोरिंग विश्वविद्यालयों की सदस्या बनकर मान्या जनता में सांस्कृतिक विकास हेतु लुके-छिपे लेख व पर्चे बाँटती, गरीब लड़कियों की कक्षाएँ खोलती, स्त्रियों को पढ़ाती, छोटे-छोटे पुस्तकालयों को स्थापित करती। अब उसके लिए पिता की मेज पर पड़े यन्त्र कौतूहल एवं रहस्य का विषय न रहे थे। वह अब केवल रसायनशास्त्र व गणित ही नहीं पढ़ना चाहती थी, बल्कि सामाजिक विकास एवं पुराने नियम, कायदे-कानून में परिवर्तन द्वारा जीवन के दूसरे पक्ष का ज्ञान प्राप्त करके जनता को जाग्रत करना चाहती थी। अपने उन्नत विचारों के कारण वह पूर्ण समाजवादी थी, किन्तु किसी भी राजनीतिक दल से सम्बन्ध न रख मार्क्सवादी अन्तराष्ट्रीयता से बची रही और उससे भी कहीं अधिक मातृभूमि पोलैंड को प्रेम और उसकी सेवा करना ही ध्येय बना लिया, किन्तु वह नहीं जानती कि समय आएगा जब उसे देश-सेवा, मानवता एवं बौद्धिक योग के स्वप्नों में से किसी एक को विशेष रूप से चुनना पड़ेगा।

जाने कैसे वह इन सब प्रभावशाली, किन्तु उत्तेजित विचारों में लगी हुई अपनी प्रकृति को गम्भीर बनाये रखती, कभी किसी से डाँट-फटकार न करती। एक सिगरेट तक जलाना उसे अखरता था।

इसके अतिरिक्त स्वाध्याय के लिए प्रायः अपने को बन्द कर वह दोस्तोएवस्की आदि के उपन्यास पढ़ती, ताकि नन्ही पोलिश कन्याओं को संस्कृति पर मतवाली होने वाली झाँकियाँ दे सके। उसकी नोटबुक से उस समय की मान्या की आन्तरिक प्रतिभा का पता चलता है। कहीं जर्मन-पोलिश कविताएँ, कहीं ईसा और रूसी दार्शनिकों के विचार, फिर फूल, जानवरों के पेंसिल-चित्र। वह सदा बच्चों की भाँति सरल-साधारण वेश में, नेता बनने की अपेक्षा, छात्रों के साथ स्वरचित कविताएँ पढ़ती।

मान्या के हृदय में सदा नया मार्ग खोजने की तीव्र पिपासा थी। पर वह बड़ी बहन के भविष्य के लिए, जिसने चार वर्ष हुए, माँ की मृत्यु के बाद घर सँभालने की खातिर पढ़ाई बीच में छोड़ दी थी, बहुत चिन्तित थी। दोनो बहनें एक प्राण थीं। स्वभाव और आदतें भी मिलती थीं। बड़ी बहन घर-भर की समस्याएँ प्रायः मान्या के आगे ही रखा करती। एक दिन सारा हिसाब-किताब, रुपये-पैसे बिखेरे ब्रोन्या चिन्तातुर बैठी थी कि मान्या बोल उठी, "बस, मुझे मार्ग सूझ गया है।"

"कौन-सा? क्या?"

मान्या बहन के निकट आ बैठी। बोली, "कितने वर्ष तुम्हें वहाँ लगेंगे?"

"जानती तो हो। पूरे पाँच वर्ष का डॉक्टरी का पाठ्यक्रम होता है।"

"किन्तु इस प्रकार एक घंटे का आधा रूबल लेकर जो फंड हम जमा कर रही हैं—कब तक वहाँ पहुँच पाएगी। इसीलिए तुम फौरन अपने रुपये लेकर चली जाओ। पीछे मैं और पिताजी किसी प्रकार प्रबन्ध करके भेजते जाएँगे।"

ब्रोन्या की आँखें भर आयीं।

"मान्या, तुम यह मजाक छोड़ दो। कैसे होगा?"

"मजाक नहीं, बहन! मुझे वास्तव में रास्ता सूझ गया है। मैं किसी ऐसे परिवार में संरक्षिका का काम सँभालने जा रही हूँ, जहाँ रहने के लिए स्थान और भोजन मुफ्त मिल सके।"

"मान्या, प्यारी मान्या, मैं पहले क्यों जाऊँ? तुम तो मुझसे कहीं अधिक प्रतिभाशाली हो।"

"नहीं बहन, पगली न बनो। बड़ी को ही पहले जाना चाहिए। लौटकर भले ही मुझे सोने से लाद लेना।"

सितम्बर, 1885 में एक दिन प्रातः वह युवती कन्या नौकरी की तलाश में चुपचाप एक दफ्तर के आगे खड़ी थी।

"मेरी दशा एक कैदी की भाँति है। चाहूँगी कि कोई दुश्मन भी ऐसी परिस्थिति में न रहे। यह वकील-परिवार उन धनी घरानों में से है, जहाँ बात-बात में भद्दा मजाक होता रहता है; जहाँ एक ओर रुपया पानी की तरह बहाया जाता है और दूसरी ओर साधारण दीये के तेल की भी कंजूसी की जाती है। प्रथम बार मैंने यहाँ मानव-समाज को भली प्रकार परखा है। ऐसे चरित्र केवल उपन्यासों में पढ़ा करती थी...सीखा है कि ऐसे धन के नशे में उन्मत्त लोगों से किसी भी बुद्धिमान व्यक्ति को सम्पर्क न रखना चाहिए।"

वास्तव में एक ऐसे सुसंस्कृत वातावरण में से निकलना, जहाँ एक शब्द भी भूलकर निरर्थक या अश्लील न बोला जाता हो, जहाँ सदा ज्ञान-प्राप्ति के लिए दौड़ होती रही हो, मान्या के लिए दुःखजनक कैसे न होता? इसी से सन् 1886 की प्रथम जनवरी के भयंकर जाड़े में प्रथम बार वह पिता को प्रणाम कर दूर देहात में एक फ्रेंच घर में काम करने चली गयी। यहाँ का

वातावरण अपेक्षाकृत भला था, किन्तु प्रायः नये-नये अतिथियों के आने से व्यर्थ की बातचीत, नृत्य और दावतें उसे दुःख देते थे।

ये लोग बुरे नहीं थे, सुशिक्षित भी थे, किन्तु कोरी शिक्षा ने उनका मानसिक विकास नहीं किया। नित्यप्रिय की दावतों-क्लबों आदि ने उनके स्वाभाविक गुणों को नष्ट कर दिया। तभी मान्या को सूझ आयी और उसने घर की बड़ी लड़की को साथ लेकर ग्रामीण बच्चों को स्कूल खोल दिया। वह अपने वेतन में से कलम-पेंसिल आदि का खर्च देती और उत्सुकता से बच्चों के आने की पदचाप सुनती। गन्दे चिथड़े पहने प्रायः घरों के नौकरों, किसानों व कारखाने के मज़दूरों के बच्चे होते, जिनके अनपढ़ माता-पिता बाहर से अपने ज़िद्दी-चिड़चिड़े, जम्हाइयाँ लेते हुए बच्चों को लिखता-पढ़ता देखकर प्रसन्न होते। मान्या का हृदय आनन्द के मारे उछल पड़ता था—अहा, इनमें कितनी प्रतिभा भरी पड़ी है। किन्तु कभी-कभी उतने बड़े अज्ञान के समुद्र के सामने वह अपने को निरस्त्र और दुर्बल पाती। बेचारे किसान क्योंकर समझ पाते कि उनकी युवती अध्यापिका स्वयं शिक्षा-प्राप्ति के स्वप्न ले रही है। प्रायः आधी रात तक वह डेस्क पर हाथ रखे समाजवाद, भौतिकशास्त्र, गणित आदि विषयों पर पिता से पत्र-व्यवहार करते पायी जाती।

कितनी ही पुस्तकें वह एक ही समय में पढ़ने लगती, क्योंकि एक ही विषय दिन-भर के थके मस्तिष्क को और भी थका देने वाला लगता। इस प्रकार एकान्त अध्ययन से उसने अपनी अधूरी शिक्षा को पूरा किया और स्वतन्त्र रूप से काम करने में ऐसी आदतें डाल लीं, जिन्होंने बाद में बहुत सहायता दी।

"हाँ, प्रेम नाम की वस्तु को तो मैं पास फटकने भी न दूँगी। उसे मैंने दबा दिया है।..."

यह घटना ऐसे हुई कि इस परिवार का लड़का इन्हीं दिनों वार्सा से शिक्षा प्राप्त करके लौटा। उसकी दृष्टि मान्या पर पड़ी। किन्तु लड़के के माता-पिता मान्या के घरवालों को निमन्त्रित करते और जन्म के दिन पर उपहार आदि दिया करते थे। वे एकाएक चौंक उठे। घरवाले कितने ही उन्नत क्यों न हों, पर जिनके पास एक कौड़ी भी नहीं, उनकी लड़की के साथ भद्र श्रेणी का युवक कैसे विवाह कर सकता है? मान्या एकदम चुप हो गयी। वह यहाँ से छोड़े भी कैसे और रहे भी कैसे? बहन ब्रोन्या पढ़ रही है, पिता के अवकाश-प्राप्ति का समय आ गया है। तो भी उसने

ऊपर से जीवन को वैसे ही पढ़ने-पढ़ाने में लगाये रखा, किन्तु भीतर ही भीतर जी टूटा हुआ, आर्थिक कठिनाइयों से परेशान।

एकरस जीवन के तीन वर्ष काटने के उपरान्त आखिर आशा की किरण चमकी। पेरिस से ब्रोन्या की चिट्ठी आयी कि वह सफलता से उत्तीर्ण हुई और एक होनहार डॉक्टर से विवाह कर रही है। जो कुछ भी हो, फौरन चली आओ। एक वर्ष मेरे पास रहना, पीछे कुछ न कुछ पिता जी भेज देंगे। अनुमान था कि मान्या यह सुनकर नाच उठेगी, किन्तु इतने वर्ष भाई-बहनों से पृथक् रहकर और वृद्ध पिता को तनिक भी प्रसन्नता पहुँचाए बिना वह जाना नहीं चाहती थी। लेकिन आदर्शवादी पिता अपनी प्रतिभाशालिनी पुत्र को खूब पहचानते थे। उन्होंने उसे पास ठहरने की अपेक्षा अपना संचित धन और आवश्यक सामान देकर पुनः अनिश्चित काल के लिए विदा दी। मान्या का जी भर आया—"पिता जी, मैं बहुत दिन वहाँ न रहूँगी। कुल दो या तीन वर्ष। जब भी परीक्षाएँ समाप्त होंगी, लौट आऊँगी। हम दोनों फिर कभी अलग न रहेंगे। ठीक है न?"

"हाँ बेटी," और रुँधे गले से प्रोफेसर ने मान्या को चिपटाकर कहा, "खूब परिश्रम करना। भाग्य तुम्हारे साथ है।"

गाड़ी की आवाज़ कुछ ही देर में अन्धकार को चीरती-चिंघाड़ती जर्मनी को पार कर रही थी। उसके चौथे दर्जे के बिना सीटों वाले डिब्बे में घर के सामान के साथ लायी हुई कुर्सी पर बैठी मान्या कल्पना कर रही थी कि कब वह लौटकर योग्य अध्यापिका का स्थान प्राप्त करेगी। वह नहीं जानती थी कि गाड़ी में कदम रखते ही उसने अन्धकार और ज्योति के बीच का जीवन-मार्ग चुन लिया है। पेरिस की विज्ञान परिषद् की वह विद्यार्थिनी हो गयी।

पहले तो कुछ समय वह बहन के घर रही, लेकिन वहाँ का वातावरण अत्यन्त मनोरंजक था। प्रायः कलाकार, संगीतज्ञ आते और संगीत-नृत्य आदि का कार्यक्रम रहता; किन्तु मान्या को पिता ने सावधान कर दिया था, "यदि तुम्हें शिक्षा प्राप्त करके वार्सा की सेवा करनी है तो सदा अपरिचित होकर रहना। मेरे लिए इससे बढ़कर दुःख और न होगा यदि तुम्हारा रूप पेरिस के जलसों और क्लबों आदि द्वारा प्रकट हुआ।" मान्या भी वही चाहती थी। वह फ्रांस की जीती-जागती तस्वीर नहीं, बल्कि एकान्त में साधना करके कुछ बनने आयी थी। एक क्षण भी उसे अध्ययन के बिना नष्ट नहीं करना था। अतः वह शीघ्र ही प्रयोगशाला से कुछ दूर छात्रावास में रहने लगी।

पूर्ण ब्रह्मचर्य, तपस्या एवं कठोर साधना में बीते मान्या के जीवन के इन तीन वर्षों को देखकर अत्यन्त आश्चर्य होता है। कैसे वह सन् 1892 के खर्चीले पेरिस नगर में चालीस रूबल में किराया, भोजन, वस्त्र, पुस्तकें, फीस आदि चुका पाती होगी! समस्याओं का हल करने में मान्या ने कभी हार नहीं मानी। उस जैसे जाने कितने पोलिश विद्यार्थी भला-बुरा खा-पी-पहनकर शिक्षा पा रहे थे। ब्रोन्या की भाँति खाना बनाना भी वह नहीं जानती थी। और उसे धुन भी तो लगी थी, क्यों न वही समय परीक्षण में लगाये। अत्यन्त सादा भोजन, कमरे में सिवा चटाई, कुर्सी या कुछ अति आवश्यक चीजों के कुछ नहीं। पढ़ाई से थककर वह प्रायः वस्त्र धोने अथवा मरम्मत करने में लग जाती। खाना-पीना भूलकर रात को देर तक पुस्तकालय में पढ़ती रहती। एक बार उसके बहनोई ने कुपोषण से मरते-मरते उसे बचाया।

अब वह शुद्ध फ्रेंच भी बोलने लगी थी। सन् 1893 में उसने दो परीक्षाएँ पास कर लीं। सर्वप्रथम आने पर बड़ी प्रसन्न हुई और सीधी घर गयी। वहाँ पर उसके बहन, भाई, पिता वर्षों से उसकी प्रतीक्षा कर रहे थे, परन्तु घर में वह अधिक समय नहीं ठहरी। शीघ्र ही एक उदार महिला के प्रयत्न से विदेश जाकर पढ़ने के लिए उसे छात्रवृत्ति मिली। शिक्षा-प्राप्ति की तीव्र जिज्ञासा उसे थी ही। इस सहायता से उसने तत्काल लाभ उठाने के लिए पेरिस को प्रस्थान किया। वहाँ वह तन्मयता से दिन-रात बिजली की बत्तियों के प्रकाश में वैज्ञानिक अनुसन्धान करती रही।

निस्सन्देह आगामी जीवन में मान्या ने प्रसन्नता के बहुत-से दिन देखे, किन्तु जो आनन्द, सन्तोष, स्वाभिमान इन चार वर्षों के निर्धन विद्यार्थी-जीवन में प्राप्त किया, उसे वह आजन्म भूली नहीं।

एक बार ठोकर खाकर प्रेम अथवा विवाह नाम की वस्तु को मानो मान्या अपने जीवन से सदा के लिए निकाल चुकी थी। उसने अपने सम्मुख एक अन्य ही रहस्यपूर्ण संसार खड़ा कर लिया था; किन्तु ऐसा जान पड़ता है कि किसी भी महत्त्वपूर्ण कार्य के उद्घाटन के लिए प्रकृति स्वयं ही विचित्र सृष्टि रचा करती है। कौन जानता था कि दूसरी ओर भी एक ऐसे ही व्यक्तित्व का विकास हो रहा है, युवक पीरी क्यूरी कुशल डॉक्टर और वैज्ञानिक परिवार में से थे। अठारह वर्ष में उन्होंने विज्ञान में एम. ए. कर लिया और तभी पेरिस की प्रयोगशाला में अनुसन्धान करते हुए

एक उच्च वैज्ञानिक के पद पर नियुक्त हो गये। वे मान्या की भाँति ही मानवीय गुणों में उच्च धरातल पर थे। कितनी बार उन्होंने सरकारी नौकरी लेने से इनकार किया। उनकी लेखन-शैली बड़ी सुन्दर थी। वे एकाएक मेरी को देखकर आश्चर्यचकित हो उठे—"सुन्दर, आकर्षक, सौम्य मूर्ति, सुलझी हुई दृष्टि। ऊँचे से ऊँचे धरातल पर बातचीत कर सके, वह कितनी मृदु है।" और दुबारा मिलने की इच्छा प्रकट की। बातचीत हुई। फूलों का गुलदस्ता उन दोनों के मध्य में था। सहसा पीरी के मुँह से आन्तरिक भाव निकल पड़े, "तुम्हें अब विज्ञान छोड़ने का कोई अधिकार नहीं।" मेरी ने मुस्कराकर देखा और आँखें झुका लीं।

उस दिन से वह 'मैडम मेरी क्यूरी' कहलाने लगीं। इनका विवाह भी अनोखे ढंग से हुआ। "मेरे पास केवल एक पोशाक है। चाहो तो एक और ऐसी काली बनवा दो, जिसे मैं प्रयोगशाला में भी पहनकर जा सकूँ।" मान्या की बस यही माँग थी।

विवाह के समय वास्तव में न तो उनके पास अँगूठी ही थी, न श्वेत वस्त्र ही और न रजिस्ट्रार आदि के लिए खर्च करने को पैसे। केवल दो नयी चमकती साइकिलें थीं, जो उनके चचेरे भाई ने भेंटस्वरूप भेजी थीं। यह अपूर्व मिलन वास्तव में देखने योग्य था। पहले दिन ही झोले में खाने-पीने की चीज़ें डाले वे दोनों पक्षियों की भाँति वनों में विचरण कर रहे थे।

छुट्टी मनाने के बाद मेरी क्यूरी ने घर सँभाला। कभी ब्रोन्या से शिक्षा लेने जाती तो कभी नयी-नयी स्वादिष्ट चीज़ें बनाने की चिन्ता में रहती। किन्तु खाना बनाना उतना ही कठिन और रहस्यपूर्ण है, जितना रसायनशास्त्र। सन्ध्या को दोनों पति-पत्नी दिन-भर का आय-व्यय लिखने बैठते और इस प्रकार घरेलू कामों में निमग्न एक-दूसरे की ओर देखकर हँस पड़ते। पुनः कुछ ही घंटों बाद कलम चलने लगती और पृष्ठ पलटने की हलकी आवाज़ें आने लगतीं।

अगले ही वर्ष उनकी प्रथम सन्तान ईरेन ने जन्म लिया, जिसकी देख-रेख, कपड़े पहनाना, नहलाना-धुलाना आदि वह स्वयं करती। कुछ ही वर्ष में एकान्त, शुष्क, तपस्या का जीवन बिताने वाली विद्यार्थिनी मातृत्व के स्पर्श से कोमल, सुन्दर फूल की तरह निखर आयी। फिर भी मातृत्व एवं गृहस्थी में तल्लीन होते हुए भी इधर जो वे साधारण-सी प्रयोगशाला में पृथक् संसार बसा रही थीं, उसकी एक रोमांचक कथा है।

विश्वविद्यालय से दो डिग्रियाँ प्राप्त करने के बाद वह डॉक्टर की उपाधि के लिए, उस लेखक की भाँति जो अपने आगामी उपन्यास के

लिए मन ही मन प्रश्नोत्तर करता है, निबन्ध का विषय सोचती रहीं। पुनः वे दत्तचित्त होकर पिछली वैज्ञानिक रिपोर्टों का अध्ययन और अनुसन्धान करने में जुट गीं।

परीक्षण करते-करते सहसा लवण के अतिरिक्त एक लाल तत्त्व विशेष सत्ता रखते हुए उन्हें उपलब्ध हुआ, जिसके नामकरण के लिए वे तत्क्षण भागती हुई ब्रोन्या के पास गयीं, मानो बच्ची का नाम रखना हो।

यह रेडियम की प्रथम अवस्था थी। किन्तु यह तत्त्व क्या है? इसका स्रोत कहाँ है? यह पहेली बन गयी। आज तक किसी भी वैज्ञानिक ने इसके बारे में अनुसन्धान नहीं किया था। मेरी के अन्दर उत्सुकता चरम सीमा तक पहुँच चुकी थी, परीक्षण करने का उसका ढंग भी निराला था। जितनी ही वह इन किरणों के साथ गहराई में उतरती गयी, उसे एक अलौकिक व्यक्तित्व दिखाई देता गया। तुरन्त इस काम में पीरी क्यूरी भी उसके साथ हो गये। वे दोनों सदा पत्र-पत्रिकाओं में अपने अन्वेषणों के विषय में लिखते। आगे जाकर इनके द्वारा स्थापित संस्था का नाम भी 'पीरी और मेरी' दोनों के नाम पर रखा गया।

ऊँचे से ऊँचे परीक्षण करते हुए भी साधारण जीवन को मेरी कभी न भूली। सन् 1899 की 5 जनवरी को जहाँ उसकी डायरी में बच्ची के दाँत निकलने, धीरे-धीरे चलने और करौंदे (गूज़बेरी) का मुरब्बा बनाने का वर्णन है तथा बहन से पेड़-पौधों के बारे में पूछा गया है, नीचे ठीक उसी तिथि में दर्ज है—'विश्वस्त रूप से लाल किरणों वाले तत्त्व को रेडियम नाम देना निश्चित किया गया है। यह द्रव्य अभी तक ऐसी स्पष्ट दशा में नहीं है। इससे भी अधिक कठिन साधना की आवश्यकता है।'

और वास्तव में क्यूरी दम्पती ने अपने यौवन का सर्वोत्तम भाग एक टूटे-फूटे छप्पर के नीचे परीक्षण करते-करते काट दिया। न उसके पास पैसा था, न प्रयोगशाला के लिए सरकारी सहायता। एक प्रकार से शून्य में सृजन करना था। धूल और एसिड-भरा पुराना-सा चोगा पहने, बाल हवा में उड़ते हुए, धुएँ से भरा गला, दुखती आँखें, दिन-भर वह लम्बी-सी छड़ी हाथ में लिये रासायनिक द्रव्य में घुमाया करती और साँझ को थकान से चूर होकर पड़ जाती। इधर पीरी सूक्ष्म यन्त्रों से तत्त्व का परीक्षण कर रहे होते। वे कभी सिनेमा-थियेटर आदि नहीं गये। हाँ, यदि कोई सम्मति माँगने भी आता तो बाधा पड़ती। इसी प्रकार अनेक वसन्त और पतझड़ बीते, पर रेडियम नहीं मिला। अन्त में पूरे पैंतालीस सप्ताह के बाद हिलते-हिलते कोई चीज़ भारी-भारी-सी जान पड़ी। उस रात वह नौ

बजे तक बच्ची को सुलाने में लगी रही थी। वैसे प्रायः जब बच्ची गाढ़ निद्रा में सो जाती तो उसके फ्रॉक सीने लगती। बाद में सोने के पहले पीरी के पास बैठती, किन्तु आज इन सब कामों की ओर उनका ध्यान न था।

दिन-भर के काम से थककर वे दोनों रात को फिर प्रयोगशाला में गये। मेरी ने कहा, "बत्ती मत जलाओ, पीरी। रेडियम का वर्ण अवश्य सुन्दर होना चाहिए, यही थी न तुम्हारी अभिलाषा? लो देखो!"

वास्तव में हलकी नीली, पीली धाराएँ लिये रात्रि के अन्धकार में रेडियम झिलमिला उठा।

"देखो-देखो!" कहते हुए युवती मेरी धीरे से मोढ़ा उठाकर उसके पास ऐसे बैठ गयी, जिस भाँति अभी कुछ देर पहले वह बच्ची को सुलाने उसके सिरहाने बैठी थी। पीरी गद्गद हो गया और वह जादू-भरी घटना विश्व-भर के जीवन के लिए अमिट हो गयी।

इस अमूल्य रत्न के उपलब्ध होने पर भी वे आर्थिक कठिनाइयों से मुक्त न हो सके। पाँच सौ रुपये पर पीरी अध्यापन-कार्य करते थे, जो उनका बहुत समय ले जाता था। बच्चे के लिए नौकरानी रखनी भी आवश्यक थी। निरन्तर चौबीस घंटे के कार्य ने दोनों के स्वास्थ्य को बिगाड़ दिया था। जेनेवा से यद्यपि पीरी को अधिक वेतन पर आने के लिए आग्रह हुआ, किन्तु एक तो वह प्रयोगशाला-निर्माण को स्वयं देख रहे थे, दूसरे इन दोनों का अलग-अलग रहना ही असम्भव था। मेरी ने स्वयं लड़कियों के कॉलेज में काम करना शुरू कर दिया।

इसी बीच वह अवकाश में विवाह के बाद प्रथम बार पोलैंड आयी। वहाँ सब भाई-बहन एकत्र थे। उसके पिता देख-देखकर फूले न समाये कि उनके छोटे-छोटे बच्चे, जो कभी ट्यूशन ढूँढ़ते फिरते थे, आज कितने ऊँचे पदों पर हैं। जोसफ और ब्रोन्या डॉक्टर हैं। हेला और उसका पति अच्छे पद पर हैं और उनकी नन्ही मान्या तो मानो उन्हीं के स्वप्नों को पूरा कर रही है। पीरी क्यूरी टूटी-फूटी पोलिश में बात कर अपने को गौरवपूर्ण मानते। वे कभी देहातों में, कभी पर्वतों की चोटियों पर, कभी देवदार के वनों में घूमते हुए उनकी भव्यता को देखकर ऐसे प्रभावित होते कि भूली हुई कविताएँ स्मरण आने लगतीं। पर ये सुखमय दिन कितने क्षणिक थे।

दो वर्ष बाद मेरी के पिता प्रो. स्कोल्डवस्की का अचानक ऑपरेशन हुआ। मेरी को सूचना दी गयी, किन्तु पहुँचने तक उनकी मृत्यु हो चुकी

थी। जाते ही उसने बहुत आग्रह से शव का बक्स (कौफिन) खुलवाया और रो-रोकर पिता से क्षमा चाही।

होते देखते!

पिता की मृत्यु, ब्रोन्या के लड़के के देहान्त और सबसे अधिक पीरी के गिरे स्वास्थ्य के कारण, जिनके वात रोग से दर्द रहने लगा था, मेरी की मानसिक दशा बहुत चिन्ता का कारण बन गयी थी। वह रात-भर पीरी के साथ जगकर काटती, दिन प्रयोगशाला व अध्यापन में बिताती। "जीवन की यह दिशा वास्तव में हमने कठिन और दुःखदायी चुनी है", ऐसा कभी पीरी कह उठते, जिसका मेरी सदा विरोध करती, किन्तु एक दिन यों ही भयभीत विचारों ने उसे आ दबाया–

"पीरी! पीरी! यदि हम दोनों में से एक चला गया तो दूसरा पीछे रह सकेगा?"

"क्यों?" पीरी ने सिर हिलाया और मोह में डूबती हुई मेरी को कर्त्तव्य की सुधि दिलाते हुए कहा–"वैज्ञानिक को अधिकार नहीं कि वह अपने जीवन के ध्येय को, अर्थात् वैज्ञानिक अन्वेषण को छोड़े। चाहे बिना आत्मा के शरीर धारण करना पड़े, निरन्तर काम में लगे रहना चाहिए।" है भी सत्य। यह सच्चे साधक के वश की बात नहीं कि अपनी दिशा के विरुद्ध जा सके। इसी से विपरीत परिस्थितियों में भी मेरी द्वारा रेडियम के प्रयोग उत्तरोत्तर बढ़ते गये। सन् 1899 से 1904 तक क्यूरी दम्पती ने कभी पृथक्, कभी सम्मिलित रूप से पैंतीस विभिन्न प्रयोगों के विवरण प्रकाशित किये। वह दृश्य भूलने का नहीं, जिस दिन उन्हें डॉक्टर की उपाधि मिली। मेरी अपने लिए काली ऊनी पोशाक बना रही थी कि ब्रोन्या आते ही उसे खींचकर दरज़ी के पास ले गयी। दोनों बहनों को वे दिन याद हो आये, जब बीस वर्ष पूर्व इसी प्रकार एक दिन ब्रोन्या ने छोटी मान्या को सजाकर स्वर्णपदक लेने भेजा था। विश्वविद्यालय में चारों ओर प्रसिद्ध वैज्ञानिकों, दर्शकों से घिरी मैडम क्यूरी बीच में खड़ी थी। जीवन-भर के संघर्ष के चिह्न उसके गोल-पीले मुख एवं भवों के ऊपर उभरकर दिखाई दे रहे थे। वृद्ध डॉ. क्यूरी, पीरी क्यूरी, ब्रोन्या और शिष्या कन्याएँ सामने बैठी थीं। पेरिस की विज्ञान परिषद् की ओर से किसी भी महिला के लिए ऐसे सम्मान का प्रथम अवसर था।

"रेडियम हमारी बहुमूल्य सृष्टि है। लोग उसके नाम से धन कमाना

चाहते हैं। क्या हमें उसके सभी रहस्य प्रकट कर देने होंगे?" अमेरिका से एक पत्र आने पर पीरी ने पूछा।

"अवश्य, क्यों नहीं?"

"सोचता मैं भी ऐसा ही हूँ, किन्तु कितनी संघर्षमय विकट परिस्थितियों में से हमारा जीवन गुज़रा है—हमारे दो छोटे-छोटे बच्चे हैं। और फिर हमें प्रयोगशाला भी तो बनानी है।"

"अन्वेषण को सर्वथा अपने सही परिणाम प्रकाशित करवा देने चाहिए। फिर यह तो एक प्रारम्भिक घटना है। इसके द्वारा कैंसर आदि न जाने कितने असाधारण रोगों का इलाज होने जा रहा है। व्यापारिक दृष्टि से इसे देखना ही वैज्ञानिक रुचि के प्रतिकूल होगा।"

उपर्युक्त वार्तालाप के पूरे पन्द्रह दिन बाद रविवार को सवेरे वह अद्‌भुत जोड़ी अपनी प्यारी साइकिलों के पैडिल घुमाती हुई जंगलों में फूल बटोरती दिखाई दी।

निस्सन्देह अब नोबल पुरस्कार के कारण आर्थिक संकट दूर हुआ। मेरी का नाम व प्रसिद्धि अत्यधिक बढ़ गयी। लोग तरह-तरह के प्रश्न करते, अखबार वालों व दर्शकों की भीड़ रहती। लोग उसकी प्रशंसा में कविताएँ लिखते, यहाँ तक कि एक अमेरिकन ने लिखा—'क्या मुझे क्यूरी नाम से घोड़े को रेस में लगाने की अनुमति है?'

इस प्रसिद्धि से वे दोनों शान्तिप्रिय प्राणी घबरा उठे। उन्होंने पत्र-प्रतिनिधियों से मिलना छोड़ दिया। पीरी तो लेख तक प्रकाशित करने में संकोच करने लगे और मेरी कभी एक क्षण भी वृथा न गँवातीं।

जून, 1905 को प्रथम सरकारी तौर पर उन्हें दो हजार चार सौ फ्रैंक वार्षिक मिले, जिसके द्वारा उन्होंने अपने प्यारे पुराने छप्पर से विदा पायी और नूतन प्रयोगशाला में एकाकार होकर काम करने लगे। एक दिन पीरी ने शान्त भाव से बैठी मेरी को देखा। उसके कोमल गालों और केशों का स्पर्श करते हुए कहा, "जीवन तुम्हारे संग कितना मधुर है मेरी!" और उसी दिन वे शहर चले गये। ऋतु बदल गयी थी, खयाल तक न था कि गर्मी एकदम शुरू हो जाएगी। एकाएक तेज़ हवा चलने लगी। वर्षा होने से फुटपाथ पर फिसलन हो गयी।

पीरी को आज पहले विज्ञान परिषद्, फिर प्रकाशक की ओर प्रूफ सुधारने पुनः मेरी के साथ संस्था में कई आवश्यक कार्यों से जाना था। दोनों ही व्यस्त थे। सवेरे से एक-दूसरे को देख न सके। केवल जाती बार सीढ़ियों पर से पीरी ने पूछा, "मेरी, तुम्हें क्या आज प्रयोगशाला में जाना है?"

"शायद नहीं!" बच्चियों को कपड़े पहनाते हुए दूर ही से मेरी ने उत्तर दिया, पर शब्द पहुँच नहीं पाये कि पीरी चले गये।

कौन जानता था कि उसी दिन पल-भर में ऐसे मधुर नाटक का एकदम करुण अन्त हो जाएगा।

प्रयोगशाला के विषय में कई प्रकार की योजनाएँ सोचते-सोचते कोलाहलपूर्ण फुटपाथ को पार करते समय पीरी एक घोड़ागाड़ी की दबोच में आ गये।

कई सप्ताह तक मेरी किसी से बोल न सकी। वह एकाएक चीख उठती। जो कुछ डायरी में लिखने लग जाती, वह सार-स्वरूप इस लेख के आरम्भ में दिया गया है।

इस भयंकर विपदा के बाद यद्यपि उसकी हार्दिक प्रसन्नता उसी क्षण चली गयी, किन्तु एकाएक कितने कार्य, जैसे—दो नन्ही-नन्ही बच्चियों का पालन-पोषण, शिक्षा, वृद्ध ससुर की देख-रेख, पीरी का अधूरा अनुसन्धान-कार्य, प्रयोगशाला का उन्नत रूप, भौतिकशास्त्र की आकांक्षा आदि कार्य प्रमुखता से सामने आ गये। शायद उन्होंने ही उसे जीवित रखा।

मेरी की प्रसिद्धि विश्व के कोने-कोने में व्याप्त हो चुकी थी। पीरी के रिक्त स्थान पर एक महिला प्रोफेसर के रूप में प्रथम बार विश्वविद्यालय में उनकी नियुक्ति हुई। रेडियो एक्टिविटी पर एक हजार पृष्ठों की अनुसन्धान विषयक नयी पुस्तक उन्होंने स्वयं लिखी और पीरी के रिसर्च-कार्यों का संशोधन करके उन्हें प्रकाशित किया। अब अधिकारियों की भी निद्रा भंग हुई और पीरी के नाम पर बृहत् रेडियम संस्था भवन-निर्माण का कार्य आरम्भ हुआ, जिसके दो भाग थे—एक प्रयोगशाला, दूसरा रेडियम द्वारा चिकित्सा आदि के परीक्षण। भवन-निर्माण भी मेरी ने अपनी देख-रेख में ही करवाया। अहाते में फूल लगाये। वह स्वयं खुरपी लेकर बैठ जाती, पौधे सींचती और ऐन उस दिन, जबकि पीरी का स्वप्न 'भविष्य का मन्दिर' सम्पन्न हो गया, सूचना मिली कि वर्षा के कारण उनका पुराना प्रिय छप्पर ढह रहा है, तो मेरी दौड़ती हुई उस स्मृति-चिह्न को देखने गयी।

युद्ध के दिनों में इस प्रसिद्ध वैज्ञानिक का निराला ही चित्र देखने को मिलता है। दोनों बच्चियों को गाँव में छोड़कर वह साधारण नर्स के वेश के रेडक्रॉस के साथ निकल पड़ी, मोटर चलाना सीखा, क्योंकि उसे

ड्राइवर आदि किसी पर निर्भर रहने से घृणा थी। पहिया बदल लेती, कलपुर्जे साफ कर लेती, जहाँ कुछ मिलता, खा-पी लेती, कभी कैम्प में और कभी कहीं पड़ जाती। विद्यार्थी-जीवन के क्रान्तिकारी संस्कारों ने मेरी को अनायास ही सैनिक का रूप दे दिया।

राष्ट्र द्वारा माँग होने पर उसने नोबल पुरस्कार में मिली स्वर्ण-मुद्राएँ तथा स्वर्ण- पदक आदि तक भेंट कर देने चाहे, किन्तु अधिकारियों ने इस गौरवपूर्ण राष्ट्रीय भेंट को लेने से इनकार कर दिया। हँसते-हँसते पूरे चार वर्ष घायलों की से शुश्रूषा में बीत गये। युद्ध समाप्त हुआ। मेरी के लिए यह दोहरी विजय थी। डेढ़ सौ वर्षों की गुलामी के बाद पोलैंड पुनर्जीवित हो रहा था। बचपन में जारशाही को बेधड़क उत्तर देना, किसानों व बच्चों को शिक्षित करना, यह सब व्यर्थ नहीं गया। उसी का यह परिणाम है, इससे वह अत्यन्त उल्लसित थी—"हमें तनिक भी आशा न थी कि इस घड़ी को देखने के लिए हम भी जीवित रहेंगे। लगता था कि वह दिन हमारे बच्चों को देखना नसीब होगा, फिर भी मुझे भय है कि युद्ध के बाद पोलैंड कहीं विभक्त न हो जाए!"

प्रसिद्ध वैज्ञानिक आइंस्टाइन से मेरी का घनिष्ठ परिचय था। वे दोनों प्रतिभाशाली व्यक्ति मित्र के रूप में जर्मन, फ्रेंच आदि में भौतिकशास्त्र के नियमों पर विचार-विनिमय करते। कुछ ही दिनों बाद मेरी ने इंग्लैंड, अमेरिका आदि देशों की यात्रा की। इन देशों के प्रायः हर एक विश्वविद्यालय ने अत्यधिक सम्मान और समारोहों द्वारा डॉक्टर की डिग्रियाँ उसे प्रदान कीं। अमेरिका में तो एक स्थान पर पाँच सौ तिहत्तर वैज्ञानिक संस्थाओं के प्रतिनिधि एकत्र हुए और अमेरिकी स्त्रियों ने चन्दा जमा करके रेडियम का एक ग्राम विशेष रूप से उसको भेंट किया। लौटकर मेरी ने उसे प्रयोगशाला में रख दिया और बाद में यह प्रयोगशाला और चिकित्सालय भी राष्ट्र के नाम पर अर्पण कर दिये।

लोगों के प्रश्न करने पर वह लिखती है, "निस्सन्देह क्रियात्मक रूप से ऐसे कार्यकर्ताओं की आवश्यकता संसार को है, जो निजी भविष्य का भी ध्यान रख सकें, किन्तु मानवता के लिए ऐसे स्वप्न देखने वालों की तो परम आवश्यकता है, जिनके लिए निजी स्वार्थों पर ध्यान देना ही असम्भव हो जाए।"

सन् 1912 में जन्मभूमि वार्सा से विज्ञान परिषद् के प्रोफेसरों का एक प्रतिनिधि मंडल उसे वहाँ की अवैतनिक सदस्य बनाने के लिए निमन्त्रित करने आया। इन दिनों गुर्दे के दर्द के कारण अति दुर्बल होने पर भी वार्सा

में रेडियम भवन बनने की खबर सुनकर वह खुशी के साथ वहाँ चल दी। उसी स्थान पर, जहाँ बाईस वर्ष पूर्व वह भौतिकशास्त्र के प्रथम प्रयोग सीखा करती थी, उसके सम्मान में बड़ा भारी भोज दिया गया।

लगभग पैंसठ वर्ष की आयु तक मेरी के दैनिक कार्यों एवं अथक परिश्रम में कहीं अन्तर नहीं पड़ा।

कुछ वर्षों के लिए मेरी की आँखों ने साथ छोड़ दिया, तो भी वह बिना किसी को जताए प्रयोगशाला में अत्यन्त कौशल से कार्य करती रही। सहसा चमत्कार हुआ और देखने की शक्ति पुनः लौट आयी।

किन्तु इस घोर परिश्रम का परिणाम क्लान्त देह कब तक वहन करती? अकस्मात् वह शीत लगने से बीमार पड़ गयी। तेज बुखार हो आया। डॉक्टरों ने प्लुरसी के कारण पहाड़ पर जाने की सम्मति दी, किन्तु परिणाम उलटा हुआ।

बीमारी के दिनों में भी बार-बार पुस्तकों, विवरणों के प्रकाशन की ही बातें उसके मन में आतीं। 'अकेले रहने दो! मुझे शान्ति चाहिए!' ऐसा कहते-कहते 8 जुलाई, 1934 के प्रातःकाल जब पर्वत-श्रेणियों में सेनिटोरियम का वह कमरा पुण्य आलोक से भर उठा, वे नीली आँखें, वह सरल मुस्कराहट सदा के लिए बन्द हो गयी।

मृत्यु के समय उसके साथ घर में उसकी छोटी कन्या ईवा ही थी, जिसने बाद में उसकी सुन्दर जीवनी लिखी है।

('अमिट रेखाएँ' से)

सुकरात का विषपान

संकेत करने पर नौकर अन्दर गया और कुछ ही देर बाद हाथों में एक विष का प्याला लेकर लौटा, जिसे देखते ही सुकरात ने कहा—"प्रिय मित्र! ऐसी वस्तुओं का तुम्हें ठीक अनुभव है। कृपा कर क्या मुझे सही ढंग इसके पीने का बताओगे?"

"पीकर तुम केवल चलना शुरू कर दो और लगातार चलते ही रहो, जब तक तुम्हारी टाँगों में भारीपन न जान पड़े—फिर लेट जाओ। विष अपना कार्य पूर्ण कर देगा।"

यह कहते हुए उसने विष का प्याला सुकरात के हाथों में देना चाहा—जिसने तनिक भी भय, विषाद अथवा चेहरे का वर्ण बदले बिना, वैसे ही सरलता से, उस व्यक्ति के चेहरे पर दृष्टि डालते हुए हाथों में ले लिया और नम्रता से पूछा—"क्या मैं इस विषपात्र में से अपने इष्ट देवताओं के प्रति अर्घ्य प्रदान कर सकता हूँ?"

"नहीं-नहीं! इतनी मात्रा सोच-समझकर, केवल सुकरात के लिए ही तैयार की गयी है।"

"बहुत ठीक! तो अब मैं आगामी यात्रा की सफलता के लिए केवल प्रार्थना ही कर लेता हूँ।"

तब उसने प्याला होठों से लगा लिया और मुस्कराते हुए निस्संकोच भाव से विष पी गया।

हम लोगों का, जो अब तक कठिनता से अपने को सँभाले आसपास बैठे थे, इस प्रकार शान्ति से विषपान करते देख, बाँध टूट गया। बहुत रोकने पर भी मेरे नेत्रों से ऐसी तेज़ी से आँसू बहने लगे कि मैंने अपना मुख छिपा लिया। सुकरात के कारण नहीं, बल्कि स्वयं अपने पर दुखी होते हुए—कि ऐसा साथी खो रहा हूँ—ज़ोर से रोना शुरू किया। केवल मैं ही नहीं, क्रीटो भी अपने को सँभाल न सका, आँसू उसकी भी आँखों से वैसे ही झरने लगे और हम दोनों ने इधर-उधर

असंयत दशा में टहलना शुरू किया। इसी समय अवोलीडरस, जो आरम्भ से ही लगातार रो रहा था, बरबस चीख पड़ा जिससे हम सबका रहा-सहा धैर्य भी जाता रहा। इस महाकरुण क्रन्दन के सागर में केवल सुकरात ही मानो हिमाचल की-सी निश्चल शान्ति को धारण किये थे।

"यह क्या? इस तरह से रोना-चिल्लाना विचित्र लगता है। मैंने जानबूझकर स्त्रियों को इसीलिए परे हटा दिया है कि कहीं वे अधीर होकर बाधा न पहुँचाएँ; क्योंकि मनुष्य की मृत्यु के समय सदा शान्त वातावरण रहना चाहिए।

"मित्रो! शान्त होओ! धैर्य रखो!"

सुकरात के मुख से यह वचन सुनकर हमें लज्जा आ गयी। आँसू पोंछे।

इधर वह निरन्तर टहलता ही रहा, जब तक उसकी टाँगों की शक्ति क्षीण न हो गयी। पुनः आदेशानुसार पीठ के बल ले गया।

वह व्यक्ति, जिसने उसे ज़हर दिया था, बार-बार उसके पैरों और टाँगों की ओर देखता—कुछ देर बाद उसने एक पैर को ज़ोर से दबाकर पूछा, "क्या इसमें चेतनता अनुभव होती है?" फिर टाँगों को ऊपर-नीचे करते हुए कहा, "विष का प्रभाव हृदय तक पहुँचने पर ही अन्त होगा।"

सुकरात क्रमशः ठंडा होना शुरू हो गया। उसने मुँह से तनिक कपड़ा हटाकर (क्योंकि इससे पहले उसने अपने को भली प्रकार पूरा ढक रखा था—कहीं उसके चेहरे के बदलते रंग-रूप को कोई न देख सके) कहा—"क्रीटो! मैंने इकलिप्स से कुछ उधार लिया था—तुम क्या उसे मेरी ओर से लौटा देना स्मरण रखोगे?"

"निश्चय ही। ऋण अवश्य चुका दिया जाएगा। कहो! कुछ और कहना है?"

किन्तु उस प्रश्न का उत्तर न था, केवल हलकी-सी गति सुनाई पड़ी। जेलर ने वस्त्र हटाया, आँखें पथरा गयी थीं। क्रीटो ने पास जाकर आँखें और मुँह बन्द किया।

इस प्रकार हमारे अत्यन्त बुद्धिमान, न्यायी और उत्कृष्ट मानव साथी का अन्त हुआ, जिसे मैं कभी भूल नहीं सकता।

(सुकरात के एक साथी की डायरी से)

('अमिट रेखाएँ' से)

सगाई के दिन

विद्याधर के हजार मना करने पर भी उसकी बहन भगवती ने अपने अनेक मित्र बान्धवों और परिचितों को निमन्त्रण पत्र भेज दिये। सगाई का मुहूर्त 9 बजे सवेरे दिया गया था किन्तु लगभग आठ बजे से ही पास-पड़ोस के लोगों का आना शुरू हो गया।

बरामदे तथा भीतर की बैठक में महिलाओं एवं बच्चों के बैठने का और बाहर कोठी के अहाते में शामियाना लगाकर पुरुषों के स्वागत का प्रबन्ध किया गया था।

कोठी के आस-पास लगे हुए केले के झाड़ों और अमलतास के पीले पुष्प-गुच्छों ने सभा-मण्डप की शोभा और भी बढ़ा दी थी।

शामियाने के नीचे एक ओर रंग-बिरंगे द्रव्यों से चित्रित वेदी में हवन-कुण्ड रखा गया था। धूप, चन्दन, अगर आदि सामग्री के अतिरिक्त वहाँ क्यारियों में खिली बेला-चमेली की ताज़ी गन्ध भी बार-बार उड़ती पवन के साथ मानो आगन्तुकों का स्वागत कर उठती थी।

सफेद ड्रेस में अनाथालय का बैंड किन्चित् अवकाश ले लेकर एक नूतन राग बजा देता था।

विद्याधर के बहनोई लाला ज्ञानीराम तथा उसके भानजे श्री प्रकाशचन्द्र आने-जाने वालों को आदरसहित बिठलाते जाते थे। सोडा-लेमोनेड, पान-सुपारी के अतिरिक्त एक-एक बेले का गजरा भी आगन्तुक महोदयों के गले में डाला गया।

शहर-भर में लाला ज्ञानीराम से भी अधिक मेल-मिलाप और जान-पहचान उनकी स्त्री की है। इसी कारण झिलमिलाते वस्त्र-आभूषणों से सुसज्जित युवतियाँ, कन्याएँ एवं बड़ी स्त्रियाँ बादाम, नारियल आदि से भरपूर तौलियों से ढके थाल बैठक में एक ओर एक बड़ी मेज़ पर सजा रही हैं।

बैठक में कुछ देश-नेताओं की और सिनेमा-एक्ट्रेसों की तस्वीरें टँगी हैं।

ज़री अथवा सलमे से जड़ित पोशाक पहनने वाली टोली एक ओर बैठी हुई अपनी-अपनी शादी-सगाई की बातें सुना रही है। दूसरी ओर जम्पर-साड़ियों पर काढ़े गये बेल-बूटों की चर्चा करती हुई कुछ युवती कन्याएँ बैठी हैं। कमरे के बीचोंबीच लाल दुपट्टा ओढ़े श्रीमती भगवती देवी बहुत-सी वृद्ध एवं प्रौढ़ स्त्रियों से घिरी शगुन लेने न लेने का कार्य कर रही थीं। बरामदे में एक ओर अल्पवयस्क बालकों ने ग्रामोफोन लगा रखा था। सफेद वस्त्र पहने नौकर ट्रेपर शीशे के गिलासों में लैमोनेड, सोडा, एवं कुछ मिष्टान्न लिये कमरों में घूम रहे थे।

मन्त्रोच्चारण, शान्ति पाठ के साथ 9 बजे हवन समाप्त हुआ। विद्याधर के हाथ में कंगन बाँधा गया। कन्या-पक्ष की ओर से उसके चाचा एवं भाई एक सौ रुपया तथा पचीस थाल फल, मिठाई आदि से सजाकर लाये थे जिन्हें बड़े उत्साह से उठा- उठाकर सुरेन्द्र, महेन्द्र, पद्मा, —विद्याधर के छोटे भानजी-भानजे अन्दर कमरे में ला रहे थे।

विद्याधर की आँखें हवन के धुएँ से कुछ-कुछ लाल हो रही थीं। किन्तु एक अलौकिक प्रसन्नता उसके चेहरे पर खेल रही थी। हृदय में एक मृदु उल्लास था। गले में बड़ा-सा जूही का गजरा और माथे पर केसर का टीका था।

लज्जान्वित हो वेदी से उठकर प्रथम उसने बहनोई के चरणों में प्रणाम किया, इसके उपरान्त एक-दो मित्रों एवं बच्चों से घिरा हुआ भीतर जीजी का आशीर्वाद लेने चला। बहन ने भाई के सिर से छुआकर रुपये-पैसे बाँटे।

कुछ वृद्धा स्त्रियाँ एक साथ मीठे स्वर में घोड़ी गाने लगीं—"निकी निकी बूँदी निकया मींह वे बरे। माँ ऐ सुहागन—तेरे शगन करे।"

(नन्ही नन्ही बूँदें पड़ रही हैं। बच्चे, माँ, सौभाग्यवती तेरे शगुन मना रही हैं।)

एक दुपट्टे की कोर से आँखें मलती हुई एक स्त्री बोल उठी, "हाँ, आज बेचारे की माँ होती, बाप होता—"

दूसरी, "हाय! वह तो तरसती थी। इस घड़ी को, आज विद्याधर की नौकरी भी लग गयी है, शादी होने वाली है।"

तीसरी महिला धोती पर दो लेसदार दुपट्टों की जोड़ी को सँभालती हुई कह उठी, "बेचारी के भाग्य में यह दिन देखना नहीं लिखा था।"

युवक विद्याधर यह सब क्या सुन रहा है!

एक ही वर्ष की बात है। ओह! माँ की निर्जीव देह इसी स्थान पर, इसी कमरे में पड़ी थी सब अपमानों,—सब कष्टों से विमुक्त।

पिता को उसने जन्म से नहीं देखा, सुन रखा है, उसके पिता एक सरकारी पद पर नियुक्त होकर बरमा गये थे। वहीं उन्होंने एक बरमी स्त्री से शादी कर ली और वहीं बस गये।

विद्याधर के मस्तिष्क में यह विचार क्षण-भर के लिए घूम गया। जबसे उसने होश सँभाला है, अपने को बड़ी बहन के घर में पलते देखा है। सगी बेटी के घर में रहते-रहते माँ जिस लज्जा को पीकर रह जाती थी साथ ही साथ वह उसका अनुभव करता आया है।

उसकी आँखों में बचपन की एक घटना बेतरह बौखला उठी। वह जिद कर रहा है। मैं भी वैसे ही नये सफेद बिस्तरे पर सोऊँगा जैसा प्रकाश (भगवती के बड़े लड़के) ने लिया है। मैं भी वैसा ही कोट सिलवाऊँगा—हरा ब्लैज़र। बहनोई एक डंडा लेकर उसकी पीठ तोड़ने पर तुले हुए हैं!

"इतना साहस तेरा! कमीने!"

और जिस दिन शायद घर में एक अवसर पर निमन्त्रण दिया गया था,—बाहर बैठक में बड़ी दावत हो रही थी। गाना-बजाना होता रहा बहुत देर तक। और माँ वहीं रसोई घर में बैठी बर्तन मल रही थी। वह बार-बार माँ को खींचकर बाहर ले जाने का प्रयत्न करता। किन्तु और किसी ने भी बाहर से आये हुए लोगों से माँ के परिचय कराने की आवश्यकता नहीं समझी। कहने को बड़ी छोटी-सी बात है। किन्तु एक अबोध हृदय पर ऐसी ही छोटी बातें सदा के लिए आघात छोड़ जाती हैं।

और जब एक दिन कालेज जाते समय माँ से रुपये माँगे तो इसी बहन ने किस बुरी तरह माँ को डाँटा था। "बच्चों को बहुत बिगाड़ा न कर, कौन बैठा है तेरा यहाँ कमाने वाला?"

सचमुच माँ यदि आज होती! अपने पिता का स्नेह कहीं उसे प्राप्त होता! विद्याधर छोटे नन्हे बच्चों की तरह फूट-फूटकर रो उठा।

उसके हृदय में न केवल स्वर्गीया माँ की स्मृति ही, अपितु बचपन के अविधेय पराश्रित जीवन, —उस स्वाभाविक वात्सल्यपूर्ण पिपासा की जागृति एक साथ हो उठी।

ओह! आज वह एक अच्छे कारोबार में लग गया है, अच्छी आमदनी है। किस उत्साह के साथ आज यही सम्बन्धी समारोह मना रहे हैं!

"बस कर बेटा।"

विद्याधर के सिर को छाती से लगाकर एक स्त्री ने कहा, जो शायद उसकी रिश्ते में चाची लगती थी। "अब यही तेरे माँ-बाप हैं। अपने माँ-बाप ठंडी छाया होते हैं।"

किन्तु आँचल के कोर से क्रमशः उसने अपने तथा विद्याधर के बहते हुए आँसुओं को पोंछा।

एक दूसरे के कान में बातें करती हुई अन्य दो-तीन स्त्रियाँ कहने लगीं, "भगवती का स्वभाव तेज था। डरती थी तो वह लड़की से।"

"भई, मरी हुई तो जरा नहीं लगती थी।"

"ऐसी लगती थी जैसे सो रही हो।"

क्षण-भर में कमरे का सारा वातावरण एकदम निस्तब्ध हो उठा। ऐसा सन्नाटा छा गया मानो विद्याधर की माँ की मृत देह यहीं बीच में फर्श पर पड़ी हो।

इसी समय बाहर से दो सुन्दर बालिकाओं को साथ लेकर भगवती ने प्रवेश करते हुए कहा, "विद्याधर, तुम्हारी छोटी सालियाँ तुम्हें देखने आयी हैं।"

स्मृति

पुरातत्त्व-विभाग के अफसर रायबहादुर जीवन लाल सेठी पुरानी इमारतों की खुदाई के काम के लिए काश्मीर स्टेट के द्वारा नियुक्त होकर श्रीनगर जा रहे थे। स्यालकोट में अपनी नयी कोठी बनवाने में व्यस्त रहने के कारण मिसेज़ सेठी साथ नहीं आ सकीं।

जम्मू से चलते समय रायबहादुर को विश्वास दिलाया गया था कि आज रात को ही आप बुनाल पहुँच जाएँगे; किन्तु रामवन से कुछ मील पहले ही पता लगा कि वर्षा के कारण आगे लगभग दस मील सड़क खराब हो गयी है और इसी कारण जम्मू से आने वाली प्रायः सभी मोटर-लारियाँ रामवन में ही रुकी पड़ी हैं।

डाक-बँगले में, कहीं जगह न मिलने के कारण सेठी साहब को अनिच्छापूर्वक वहीं पड़ाव पर ही कच्चे कोठे के चौबारे में शरण लेनी पड़ी! चपरासी ने मोटर में से सूटकेस, होलडाल आदि आवश्यक सामान पहाड़ी कुली से उठवाकर और कमरे को झाड़-पोंछकर यथाविधि सोने लायक जगह तैयार कर दी।

पहाड़ी इलाकों में दिन प्रायः शीघ्र ही छिप जाता है। अभी पाँच ही बजे थे, और सामने के पर्वत-शृंग सन्ध्या की अन्तिम किरणों में झिलमिला उठे हरित नील सुनहरे होकर।

चन्द्रभागा पड़ाव से प्रायः एक सौ गज़ नीचे जाकर बहती है। बहेकड़ तथा जंगली अनार की झाड़ियों के बीचों बीच मार्ग बनाती हुई जहाँ तक पतली-सी पगडंडी पड़ी है, वहीं छोटे-छोटे सफेद पत्थरों को इधर-उधर लुढ़काती हुई ग्रामीण पहाड़ी कन्याएँ सिर पर पीतल के कलसे रखे आती-जाती रहती हैं।

चौबारे के बाहर इश्कपेचे की बेल से आच्छादित छोटे-से बरामदे में एक पुराने ढंग की लोहे की कुरसी पर बैठे-बैठे रायबहादुर फाइलें उलटने लगे; पर ऐसे समय मन पढ़ने-लिखने में नहीं लगता। गोधूलि

के धुँधले आलोक में दूर-दूर के वृक्ष आदि सजीव मूर्तियों का आकार धारण कर लेते हैं; और न जाने मन में कहाँ-कहाँ की कल्पनाएँ उठने लगती हैं।

सामने की पगडंडी से कुछ स्त्रियाँ कलसों में चन्द्रभागा का जल लेकर जा रही थीं, कोई वृद्धा, कोई तरुणी। बढ़ते हुए अन्धकार में स्पष्ट कुछ नहीं दीख पड़ता था। धीरे-धीरे सभी स्त्रियाँ चली गयीं। व्यथा के भार से झुकी हुई केवल एक ही बहुत पीछे पड़ गयी; पतली-दुबली, सर पर ओढ़नी और कानों में चाँदी की बालियाँ,—मानो इतना भार लेकर जीवन पथ पर चलने की उसकी शक्ति बिल्कुल ही चुक गयी हो। अन्धकार फैल रहा था। स्त्री झाड़ियों की ओट में ओझल हो गयी। रायबहादुर उठकर भीतर चले गये।

× × ×

दिन अगस्त के थे। रात में हलकी ठंड हो गयी। अभी भी पड़ाव से कुछ ऊपर की पहाड़ी पर जम्मू स्टेट के जंगी सिपाही मिलकर प्रसिद्ध डोगरा गीत, 'साडा चान्नण अखियाँ दा ओए—लोकी केंहदे'....गाये चले जा रहे थे।

अर्ध-जाग्रत अवस्था में रायबहादुर ने कलाई पर बँधी घड़ी में देखा, अभी केवल बारह ही बजे हैं।

सहसा गीत समाप्त हो गया और गहरी निस्तब्धता छा गयी। रायबहादुर उठे। बाहर बरामदे में से झाँककर देखा, कृष्ण पक्ष की रात्रि में सामने के पर्वत, पगडंडी, ऊँचे वृक्ष, झाड़ियाँ—मानो निशीथ में मिलकर सभी एकाकार हो गये हैं। केवल चन्द्रभागा उज्ज्वल, गहन, गम्भीर-सी बही जा रही है। जाने क्यों रह-रहकर सन्ध्या-समय पानी भरकर लाने वाली स्त्रियों में से चाँदी की बालियाँ पहने उस नारी-मूर्ति की छाया बार-बार उनकी आँखों के सामने लौट-लौट आती।

अन्दर आकर सेठी साहब पुनः सोने का प्रयत्न करने लगे; किन्तु अकस्मात् गाने के स्वर में मिली हुई चक्की की घर-घर की धीमी-सी ध्वनि ने न जाने किधर से आकर उनकी नींद उचाट दी। उठकर उन्होंने कमरे के पीछे वाली खिड़की खोली और फिर बहुत देर तक चुपके-से वे उस दृश्य को देखते रहे।

चौबारे के नीचे साथ वाले कच्चे घर में एक दुकान थी। एक ओर चने, गेहूँ, मक्कं की बोरियाँ, प्याज, आलू, गूड़, लकीरदार कपड़े के कुछ थान, दियासलाइयाँ, मोमबत्तियाँ आदि और उसी जगह दूसरे कोने में

बोरिया बिछाकर खटोले में दो शिशुओं को सुलाकर चक्की पीसती हुई, मैला-सा दुपट्टा ओढ़े, वही पहाड़ी रमणी, सम्भवतः उन बच्चों की माता—

× × ×

उस अँधेरी निस्तब्ध रजनी में उस चक्की की ध्वनि के स्पर्श से मानो रायबहादुर की बहुत-सी पुरातन स्मृतियाँ स्वप्न की-सी जाग्रत हो उठीं। बहुत पुरानी बातें :

—टूटे-फूटे कच्चे-पक्के घेरों से मिश्रित एक घेरा, बीचोंबीच जिसके चर्खीवाला कुआँ था, नीचे गँदली-सी नाली और उसके सामने कूड़े का अम्बार...

—मुहल्ले में सबसे बड़ा दुमंजिला मकान, जो देवली के नाम से पुकारा जाता था, शाहों का घर कहलाता था। देवली के नीचे आँगन में गौएँ-भैसें बँधी रहती थीं और वहीं साथ वाले छज्जे में मुंशी जी पढ़ाने आते थे।

—माँ की छवि उन दिनों ठीक ऐसी ही लगती थी। चाँदी की बालियाँ, मैले दुपट्टे से ढका गोल-सा श्वेत मुख, कितनी ही वेदनाओं के भार से झुकी हुई आँखें....

—ऐसे ही कभी बगल में, कभी सिर पर कलसे रखे वह सुबह-शाम शाहों के घर पानी पहुँचाने जाती और नाज की टोकरियाँ और रुई के ढेर रात के काम के लिए ले आती थी।

—पिता शाहों के घर दोनों वक्त पशुओं का चारा करने जाते, और दिन में खाकी वर्दी पहने चिट्ठियाँ बाँटते।

—उसी मुहल्ले के एक कोने में थी उनकी लम्बी-सी कच्ची कोठरी जिसकी एक ओर चौकी पर पीतल-लोहे के दो-चार बर्तन तवा-चूल्हा आदि थे,—छत में टँगे हुए फालतू कपड़े और मिट्टी की गिरती-दीवारों से सटी हुई मूँज की दो खाटें।—कोठरी में रात-भर चूहे और नेवले दौड़ा करते। मिट्टी के तेल की ढिबरी जलाकर रात को बारह बजे तक माँ चर्खा कातती और पुनः सवेरे चार बजे उठकर चक्की पीसने लगती।

—और माँ और बुआ के पास एक ही ओढ़नी थी, जिसे वे बारी-बारी से पहन लेतीं।

—कभी हौले-हौले माँ के बालों में हाथ फेरते हुए पिता कह रहे होते, "घबराती क्यों हो! हमारा जीवन बड़ा होशियार निकलेगा! मुंशी जी कहते थे, पढ़ने-लिखने में उन लोगों (शाहों के लड़कों) से भी तेज़ है।"

—माँ का आह्लाद हृदय में न भरकर आँखों में उमड़ आता।

—और तब उन्हीं दिनों वह घटना घटी। माँ और बुआ को बिलखती छोड़ पिता जबरन रंगरूटों में भरती हो गये, शाहों ने बहुत से रंगरूट सरकार को लाम में भेजने के लिए दिये थे।

—तब समझ में नहीं आता था, माँ क्यों दिनोंदिन पीली पड़ती जाती थीं। वह एक कलसा तक न उठा सकती। चक्की पीसते, चर्खा कातते, आँसुओं की वर्षा होने लगती।

—कुछ ही महीने बाद एक शिशु ने जन्म लिया.... तीन-चार मास के बालक को गोद में लिये दुख-दरिद्रता की घड़ियाँ माँ कैसे सहिष्णुता से काट रही थी।

—कभी आधी रात में दूध की कमी के कारण सूखे स्तनों से चिपका बच्चा चीख उठता, और कई बार रोते-चिल्लाते शिशु को मेरे खटोले पर लिटाकर माँ पुनः वेग से नाज पीसने लगती।

—अनजान में मनुष्य न जाने कितनी भयंकर भूलें कर बैठता है जिसकी तीक्ष्ण स्मृति चिरकाल तक अन्तर में चुभती रहती है। आह! कैसा निष्ठुर उस समय हो गया था मैं! उस निरे अबोध रोते हुए शिशु को एक दिन अपने खटोले से मैंने नीचे ढकेल दिया। इसके बाद फिर सब कुछ समाप्त...

—कितना भयंकर रुदन था! आकाश-पाताल को भेदने वाला! अब दोहरी विपत्ति माँ ने सही थी। इधर वह शिशु चल बसा, उधर पिता के बदले कुछ सवार शाहों की कृपा से उनके प्राणों का मूल्य बनकर घर में आये और फिर उन रुपयों के कारण ही बुआ की शादी हो सकी।

—कल की तरह याद आ रहा है, जब मकान की छत टूट गयी थी और माँ स्यालकोट भाई के यहाँ गयी थी।

—मामा के कई बच्चे थे। उनकी स्यालकोट में एक दुकान थी। शाम को जब मामा, गँडेरियाँ, लौकाट और कभी रेवड़ियाँ लेकर लौटते, तब उनके आगे-पीछे सब बच्चे धूम मचाने लगते, —कोई कन्धों पर चढ़ जाता, कोई गाँठ खोलने लगता, कोई रोना शुरू कर देता....

—और माँ तभी ऊपर छत पर जाकर मुझे छाती से कसकर दबोच लेती और तारों भरे आकाश में न जाने एकटक-सी क्या खोजा करती!

× × ×

चाँद बीच आकाश में पहुँच चुका था; पासवाले घर में चक्की की ध्वनि बन्द होकर गहरी शान्ति छा गयी थी; किन्तु रायबहादुर को नींद नहीं आयी; इसके बाद भी देर तक उन्हें अपने जीवन-प्रभात की प्रमुख

घटनाएँ याद आती रहीं।

चर्खे-चक्की की मेहनत से पैसे बचा-बचाकर माँ ने उन्हें किस तरह पढ़ाया—मैट्रिक में सारी यूनिवर्सिटी में वे प्रथम आये—बजीफ़ा मिला—आगे बढ़ते गये।

और जब एम.ए. की परीक्षा में प्रथम होकर वे घर लौट रहे थे, उसी समय रास्ते में मालूम हुआ कि माँ दुनिया में न रही। बहू देखने की साध मन की मन में ही लिये चली गयी—

रायबहादुर का हृदय उमड़ आया। छोटे बच्चे की तरह सिसक पड़े—माँ!...माँ!... आओ...आओ...आज तुम्हारे जीवन के पास सब कुछ है—धन, ऐश्वर्य, आदर, सम्मान, स्त्री-पुत्र, हितू-मित्र सभी; नहीं हो एक तुम्हीं...और तब एकाएक उनकी आँखों के सामने चाँदी की बालियाँ पहरे स्वर्गीया जननी की प्रतिच्छाया-सा उसी पहाड़ी स्त्री का स्वरूप खड़ा हो आया।—वैसा ही सूखा चेहरा, वैसी ही भरी हुई आँखें।

× × ×

प्रातःकाल जब पहाड़ी मुर्गे ने बाँग दी और चपरासी ने आकर सलाम किया, उस समय रायबहादुर का सिर भारी और बदन गरम हो आया था।

(दिल्ली, 1938)

सुभाना

लालमंडी से शिकारा (किश्ती) पार करके मैंने देखा, शेख़बाग़ में लकड़ी के कारखाने के (जहाँ हम मिस्त्रियों, आरीकशों और बढ़इयों के साथ खेला करते, उनके औजार उठा लिया करते, कभी-कभी कोई बड़ा सन्दूक तैयार होता तो उसमें छिप जाया करते, वहीं एक बार लकड़ी के तख़्तों में कोयले से लकीरें डाल-डालकर एक बहुत ही मनोरंजक खेल निकाला था) बदले एक शानदार कोठी बनी हुई है। कारखाने के पार्श्ववर्ती कब्रिस्तान की नीले पुष्प-गुच्छों से ढकी चारदीवारी, जिसके पास हम भाई-बहनों ने सर्वप्रथम फोटो खिंचवायी थी, बढ़ाकर ऐन कोठी के समीप कर दी गयी है। इस विस्तृत अहाते में आज उन पुरातन स्मृतियों का मानो चिह्न-मात्र भी शेष नहीं रहा है। केवल शेख़बाग, पतन की सीढ़ियाँ उतरकर, चार चिनारों की शीतल छाया के बीचोंबीच सफेद मिट्टी से पुते हुए पब्लिक वर्क्स विभाग का पुराना ऑफ़िस वृद्ध कर्मयोगी की भाँति, जिसकी शान्ति प्रतापबाग के आस-पास लारीवालों के कोलाहल से तनिक भी भंग नहीं होती, ठीक वैसे ही जैसे कि मैं बाल्यकाल से उसे देखती आयी हूँ, खड़ा है।

उस ध्यान-मग्न ऑफिस में चिनारों की मरमर-ध्वनियों में कुछ क्षण खड़े रहकर यों ही बाज़ार की ओर आगे बढ़ी तो मेरा दम जैसे घुटने-सा लगा। इसी समय उमा ने कहा, "यही तो है।" मैंने देखा बरामदे में बड़ा-सा बोर्ड लटका हुआ है—

'डॉ. जे.एन. किचलू', 'आँखों के विशेषज्ञ', 'रिटायर्ड हैल्थ ऑफिसर'।

"जीजी, सुभाना ऊपर खड़ा है। यही सीढ़ियाँ हैं चलिए।" मैंने ध्यान नहीं दिया : ताज़ी धुली लकड़ी की सीढ़ियों पर नारियल का कार्पेट बिछा था। हम दोनों ऊपर चली गयीं। सीढ़ियों के समाप्त होते ही दो कमरे आमने-सामने दिखाई दिये; दायें हाथ डॉक्टर जे.एन. किचलू और

बायीं ओर उनके सुपुत्र ए.बी. किचलू दाँतों के डॉक्टर का नाम लिखा हुआ था।

अदायगी के साथ बायीं ओर के कमरे का पर्दा हटाते हुए एक बूढ़े व्यक्ति ने कहा, "भीतर बैठिए, डॉक्टर साहब अभी आते होंगे।" साथ ही एक क्षण बाद आश्चर्य-चकित, किन्तु नम्र स्वर में मेरी ओर देखकर कहा,–"बहुत मुद्दत के बाद देखा माराज (महाराज), पछाना नहीं। राज़ी हैं बीबीजी, बहुत बड़ा हो गया।"

"सुभाना, मैं सचमुच बड़ी हो गयी हूँ।" और मुझे सुभाना की टूटी-फूटी पंजाबी बोली पर हँसी हो आयी।

हम दोनों बेंच पर बैठ गयीं। कमरे का वातावरण डॉक्टरी ढंग का होते हुए भी मुझे अरुचिकर नहीं प्रतीत हुआ। कारण एक तो पूर्व की ओर खुली खिड़की में वही ऑफिस की पुरानी इमारत नजर आ रही थी। सफेदे, चिनार के वृक्षों को और जेहलम नदी को स्पर्श करती प्रातःकालीन पवन की सुगन्धि कमरे में फैल रही थी। दूसरे, डॉक्टर साहेब मेरे पिताजी के पुराने मित्र हैं। मैं उन्हें सदैव चाचाजी कहा करती हूँ।

"सुभाना, घोड़ी किधर गया?" उमा ने मेरे कुछ भी पूछने से पहले ही प्रश्न कर दिया, यद्यपि यह सुभाना को मुझसे बहुत कम जानती है। जान-बूझकर ही मैंने सुभाना से कोई प्रश्न नहीं किया, क्योंकि मुझे अभी तक याद है, सुभाना उन दिनों काफ़ी मग़रूर व्यक्ति था, और कुछ लड़ाका भी। स्टेट में हैल्थ ऑफिसर के साथ सफेद लट्ठे के वस्त्रों में पूरी शान के साथ घण्टी बजा-बजाकर श्रीनगर के तंग गली-मुहल्लों-बाजारों में टाँगा चलाने की नौकरी कुछ कम नहीं होती। घर के नौकरों-चाकरों तथा साधारण लोगों की तो बात क्या, म्यूनिसिपैलटी के जमादारों, कम्पाउंडरों, भिश्तियों पर भी उसका काफ़ी रोब था। एक-दो बार टाँगे की घण्टी यूँ ही बजा देने पर जो डाँट उससे मैंने सुनी थी, उसी के कारण आज भी बोलने का साहस नहीं हुआ। केवल खैरी (डॉक्टर साहब के बच्चों की नौकरानी) के साथ उसकी मित्रता थी, क्योंकि वह भी सुभाना की तरह...

मुझे वह दिन याद करके बहुत हँसी आयी जब स्वर्गीया कौशल्या,–डॉक्टर साहब की बड़ी लड़की हमारे घर रात तक, खेलने में देर कर देती तो सुभाना और खैरी दोनों बारी-बारी उसे लेने आते। खैरी को तो कौशल्या फिर भी, "मोटी-राक्षसी चली जा", कहकर भाग आती, किन्तु सुभाना की एक नज़र में ही कौशल्या के होश गुम हो जाते। तब हम लोग कौशल्या को चिढ़ाया करते, "आया है सिपाही?"

हाँ, तो आज सुभाना की अवस्था एवं चाल-ढाल का ऐसा दयनीय परिवर्तन देखकर भीतर ही भीतर मुझे क्लेश एवं आश्चर्य हुआ : मैली-सी सलवार, गर्म पट्टी का फटाकोट, गिरती हुई पगड़ी, झुर्रीदार सूखा-सा चेहरा।

"सुभाना घोड़ी कहाँ है? बेच दी क्या?" उमा ने पुनः प्रश्न किया। मेरा अनुमान है, टाँगा डॉक्टर साहब का था और घोड़ी सुभाना की अपनी।

सुभाना का चेहरा एकदम उतर गया और वह झाड़न लेकर मेज़ पोंछने लगा। उमा ने पुनः दुहराकर पूछा, "सुभाना, घोड़ी मर गयी क्या?"

"मेरा—मेरा नसीब खोटा है। हाँ, हाँ मर गयी," वह बोला और उसका कंठ एकबारगी रुद्ध हो गया। संकेत से हाथ ऊपर उठाकर "इतना—इतना बड़ा-बड़ा तीन लड़की बीबीजी!" और फफक-सा उठा। मेरे जी में उसकी वह भर्रायी-सी आवाज़ तीक्ष्ण तीर-सी चुभ गयी।

"और घरवाली भी।" इसके आगे वह बोल न सका। आँखों के इशारे और चेहरे की बनावट ने ही प्रकट कर दिया कि सुभाना का घर-बार उजड़ चुका है। उसके मोटे-मोटे आँसू फूट आये। बोला नहीं जाता था; किन्तु इस अवस्था में भी सुभाना के कान चौकन्ने थे। बार-बार पर्दा हटाकर देखता। कहीं मालिक तो नहीं आ रहे हैं?

कठिनता से आँखें पोंछी और कहा, "अब मैं सात बच्चों का बाप होता।" वृद्ध ने अपने दुःख को छिपाने की भरसक चेष्टा की और पुनः मेरी ओर दृष्टि डालकर कहा, "आपका माई ज़द छोटे-छोटे बच्चे को छोड़ गया! मैंनू सब याद है बीबीजी, और शलोजी, (कौशल्या को वह शलो पुकारता था) दुनिया में कुछ नहीं। बस दुःख-सुख, प्यार—परमात्मा उनका स्वर्ग में भला करे। कैसा मीठा मैंनू दिया करती थी। कभी लड्डू, कभी मिठाई। मैं नमक-हराम नहीं हूँ।" उसके भाव अस्त-व्यस्त बिखर रहे थे। पर मैंने जान लिया, उसे भी वह दिन याद आ रहे हैं। मेरी स्वर्गीया जननी के प्रति कृतज्ञता प्रकाश करना चाहता है।

उसकी आन्तरिक व्यथा का प्रवाह एक तेज़ धारा के समान फूट रहा था जिसके छींटे मेरे मानस पर भी पड़ने लगे—

"डॉक्टर साहब को परमात्मा ज़िन्दा रक्खे। जब उन्होंने पेंशन पाया और मोटर ले लिया, तब मैंने कहा कि हम दूसरी जगह चला जाए पर डॉक्टर साहब ने और किधर काम करने नहीं दिया, इधर आपने काम में फिर लगा लिया।"

"लेकिन, लेकिन किसके लिए बीबीजी?" उसकी आँखों में पुनः मर्मान्तक पीड़ा वेग से छलछला उठी, "सुख नहीं–सुख नहीं।"

क्षण-भर के लिए मेरे जी में हो आया कि उसकी अपनी बच्ची की तरह बन, अपने आँचल से उसके आँसू पोंछ डालूँ, 'बाबा न रो! बाबा मत रो!' कहकर अथवा दुःख में साथ दे ज़ोर से रो पड़ूँ। वह एक बार फिर कह उठा, "अगर कोई सुन लेता है तो अपना दुःख-सुख खोलकर बैठ जाता हूँ। कुछ जी हलका हो जाता है। नहीं तो सब कड़वा है। बीबीजी, कुछ अच्छा नहीं लगता।"

और वह जबरन आँखों को पोंछता हुआ पर्दे से बाहर हो गया। किन्तु जब भी मुझे पर्दे के बाहर से उसके रोते हुए उच्छ्वासों,–उसके जीवन के सूनेपन की झलक आती रही–जब वह सन्ध्या के समय सिर लटकाये सूनी अँधियारी कोठरी में जा तारे गिनता होगा, तब उसे हुक्का भरकर लाने के लिए अपनी रोहती-मुक्ति-मालती की परछाईं नज़र आती होगी। जब वह अकेला ही साग-भात खाने की व्यवस्था करता होगा। रोजे के दिनों में बाँह में बाँह डाले जेहलम नदी के किनारे जब वह माझियों की कन्याओं के रोह और गीत सुनता होगा। हाय! अस्थिर संसार!

इसी समय डॉक्टर साहब ने प्रवेश किया और सुभाना ने लपककर झाड़न उठाया और उनके बूट झाड़े।

सीढ़ियों में से ही बूटों की आहट पा, मैंने भी अपनी गीली आँखें पोंछ ली थीं। डॉक्टर साहब ने बेंच के पास पहुँचते ही मेरा सिर दोनों हाथों से पकड़कर हिलाया और कहा, "पगली, यहाँ क्यों बैठी हो?"

मैंने कहा, "चाचाजी, आपने ही तो कल कहा था कि आँखें दिखलाने के लिए डिस्पेंसरी में आना।"

(श्रीनगर, 1939)

आँसू

"हजार बार कहा है, मिर्च अधिक न डाला कर। नालायक, तुझे यहाँ रहते-रहते इतने वर्ष हो गये हैं, कुछ तो समझ होनी चाहिए।

और ज्ञानसिंह हक्का-बक्का-सा रसोई घर की ओर चला गया। वह यह कतई न जान सका कि उपर्युक्त वाक्य उसे अधिकतर कमरे में से हटाने की गर्ज से कहे गये हैं। और इन्हीं पाँच-सात मिनटों में कमरे का वातावरण फटा-फटा-सा हो गया है।

ऐन बारह बजे मेज़ पर खाना परोस देने की सूचना उसने गृहस्वामिनी को दे दी थी। दिन शुरू पतझड़ के थे, शीतल वायु के साथ हलकी धूप सुहाने लगी थी। स्वास्थ्य कुछ अच्छा न होने के कारण श्रीमती दमयन्ती देवी, जो पुस्तक पढ़ते-पढ़ते तनिक सो गयी थीं। शीघ्र ही उठीं और अपनी छोटी बहिन शोभा को बुलाने बरामदे की ओर चली गयीं।

नवनीत-सा शुभ्र वर्ण, गोल भरा हुआ चेहरा, दक्षिणी ढंग से केश बाँधे, काले किनारे की सफ़ेद साड़ी में युवती शोभा की छवि उस समय वर्षा के अनन्तर प्रथम किरण-सी प्रतीत हो रही थी। और समय होता, तो दमयन्ती देवी, अपनी बहिन के इस प्रातः स्नात रूप पर बलिहार हो जातीं, उसे हृदय से लगा लेतीं; किन्तु इस समय तो उसे वह तनिक भी अच्छा नहीं लगा। वही शोभा जिसे वह सिनेमा, रेडियो, ग्रामोफ़ोन आदि के बहाने दिन-रात हँसाने और प्रसन्न बनाये रखने का प्रयत्न किया करती है, ताकि किसी प्रकार उसके मन में उदासी के भाव न उठें और विवाह के कुछ छह महीने बाद ही पति के एकाएक सुदूर युद्ध में चले जाने की अनुपस्थिति का भाव न हो। लेकिन दमयन्ती ने देखा कि वास्तव में शोभा अपने सामने बैठे हुए घुघराले बालों तथा खाकी कमीज़ वाले एक युवक की बातों का उत्तर हँस-हँसकर दे रही थी। रह-रहकर उसके मुख पर हलकी सुर्खी दौड़ जाती थी।

वहीं बरामदे में खड़े-खड़े एक महान् संशय निविड़-निशीथ की भाँति दमयन्ती के मन में भरने लगा। किसी न किसी व्यक्ति को अपने संग रखने का स्वभाव इसका अब तक नहीं छूटा। अच्छी-भली प्रेक्टिस होते हुए भी अशोक के इस प्रकार अचानक लड़ाई में चले जाने का कारण शायद यही हो। नहीं, नहीं, अपनी आँखों के सामने, अपने ही घर में वह ऐसा......कभी नहीं होने देगी। आज, अभी वह उससे स्पष्ट कह देगी, कहीं बोर्डिंग आदि में अथवा जहाँ उसकी इच्छा हो, अपने रहने का प्रबन्ध कर ले।

भगवान्! ऐसी लड़कियों के लिए तो.......! अकस्मात् उसके सामने पिछली रात आ खड़ी हुई, जब इसी कमरे में करीब दस बजे तक बिजली के प्रकाश में उसके पति कुर्सी पर बैठे-बैठे कैसी अनुराग भरी दृष्टि से शोभा की ओर देख रहे थे। उसके लहराते घने 'काले' चमकीले केशों की सुरभि अत्यन्त समीप से उन्हें स्पर्श कर रही थी। और जब वह कुर्सी के पास नीचे फ़र्श पर बैठी ग्रामोफ़ोन की सुइयाँ बदल रही थी, तो क्यों उसका नंगा सिर बार-बार समीप से उनको छू जाता था? कितना ही क्यों न हो, पुरुषों के विषय में कुछ भी नहीं कहा जा सकता। तभी तो उसके लिए प्रतिदिन नयीं वस्तुएँ आती हैं। और शोभा भी तो उनके आने पर कैसी उतावलेपन से 'जीजा जी, जीजा जी' कहती हुई दौड़ी जाती है, खाना परोसने लगती है, कपड़ों पर बटन टाँक देती है, और उपहार बनाकर देती है।

पर यह मेरी अपनी ही तो दुर्बलता है। माना कि वह मुझसे अधिक पढ़ी-लिखी है, किन्तु दोनों मिलकर मेरी तनिक-सी अनभिज्ञता का कैसा मजाक उड़ाते हैं। सोचते-सोचते दमयन्ती का खून गरम होने लगा, साँस तीव्रता से चलने लगी। उस समय उसे यह भी न सूझ पड़ा कि शोभा उससे प्रायः आधी आयु कम होने के कारण उस सन्तान विहीन, गृह को अपनी मृदु चहक से भर रही है। बल्कि भावावेश में एक बार दौड़कर वह बड़े आईने में अपनी छवि भी देख आयी--पीला चेहरा, रूखे बाल, निस्तेज आँखें! ठीक ही तो है, उसके सामने भला मैं क्या हूँ!

अभिवादन कर खाकी कमीज वाला युवक सीढ़ियों से नीचे उतर गया, तो मुस्कराते हुए शोभा ने कमरे में प्रवेश किया और जीजी का मुख उदास देख सहसा दोनों हाथ उसके गले में डाल दिये। किन्तु दमयन्ती को वह स्नेह-पाश सर्प-दंशन के समान चुभ उठा। उसका वश चलता तो वह उस नर-पिण्ड को बेलून की भाँति फूँककर आकाश में उड़ा देती।

तब भी जिस झटके से वह उन मृणाल-सी कोमल भुजाओं को परे झटककर दूसरे कमरे में चली गयी, शोभा के लिए कम असह्य न था।

खाना परोसा जा चुका था, इसलिए दोनों बहनें बिना कुछ कहे-सुने जल्दी से हाथ धोकर खाने जा बैठीं। किन्तु वातावरण में ऐसी कटी-कटी-सी संशयात्मक निस्तब्धता छा गयी थी, आन्तरिक तूफ़ान का एक प्रचण्ड झोंका उन एक ही रक्त-मांस से निर्मित देहों में प्रबलता से दौड़ गया था। दमयन्ती किसी तरह कौर निगलती जा रही थी और शोभा के गले से मानो ग्रास उतरता ही न था। वह कभी भोजन की ओर, तो कभी दूसरे हाथ में पकड़े हुए एक पत्र की ओर, जो अभी-अभी उसे मिला था, निश्चल प्रतिमा-सी देख रही थी। जान पड़ता था, उसके अन्तर में एक भीषण अन्धड़-सा उमड़ रहा हो। अन्ततः वह उस व्यथा का भार न सहन कर सकी और उसकी सम्पूर्ण देह टूटी लता-सी काँपती हुई, कहीं आश्रय न पा, झुक गयी और अनायास ही उसका सिर दमयन्ती के वक्षस्थल पर आकर टिक गया।

× × ×

विश्व के विशाल प्रांगण में ऐसे कई व्यक्ति वन-फूलों के समान उगे हैं, जिनकी काट-छाँट और देखरेख का कार्य माँ-प्रकृति ने मानो अपने ही हाथों में लिया होता है। अन्धड़ आते हैं, प्रखर धूप और वर्षा की बौछारें पड़ती हैं तो भी दुगने सुदृढ़ होते एवं निखरते चले जाते हैं।

प्रारम्भ ही से अन्य बच्चों की तरह शोभा ने रोना-मचलना नहीं सीखा और न उसकी आँखों में प्रतिपल श्रावण-भादों से लाड़-प्यार के आँसू ही बहे हैं, उसके पिता गृहस्थ होकर भी साधु प्रकृति के थे। वर्ष में अधिकांश समय वे किसी एकान्त मठ में योगाभ्यास के लिए चले जाते थे। शोभा उनकी अन्तिम सन्तान थी। किन्तु यह स्पष्ट है कि उसके जन्म पर निरी प्रसव-वेदना ही माँ के लिए प्रमुख रही। शिशु को देखकर माँ जैसे मरणान्तक पीड़ा को एकदम भूल जाती हैं, शोभा की माँ क्षणभर के लिए भी न भूल सकीं, बल्कि यह लड़की तो जैसे उनके लिए अपशकुन ही सिद्ध हुई, क्योंकि तब से ही वे चारपाई न छोड़ सकीं।

एक खटोले पर अँगूठा चूसता हुआ वह नन्हा जीव कितना कौतूहल और कृपा का पात्र था। कभी कोई आते-जाते उसका वस्त्र बदल देता, कोई दूध की बोतल मुँह में लगा जाता। जब कभी भूख से वह बेतरह चीखने-चिल्लाने लगती तो एक दयामयी पड़ोसिन उसे अपने शुष्क स्तनों पर डाल लेती। उसके बीमार पड़ जाने पर घर के अन्य बच्चे चिकित्सा की सारी व्यवस्था

उलट पुलट कर देते, तो भी वह कच्ची दूब की भाँति दिनोंदिन निखरती ही चली गयी। माँ के लगातार असाध्य रोग को मानो उसने पहचान लिया हो, अतः बाहर की हरी घास पर अकेली बैठी सदा ही फूल, तितली, पथ के कंकड़ आदि चुनती रहती। हवा के तेज झकोरों के संग खेलती, उन्हें ह! ह! कर पीने की चेष्टा करती। साँझ के समय मुहल्ले के सभी बड़े बच्चे खेल में निमग्न होते, तो वह आवेग के मारे पृथ्वी में मुँह छिपा लेती और फिर आनन्द से विभोर हो दौड़ती हुई, रोगिणी माँ के कमरे की चिक उठाकर झाँकने लगती। तभी दंगा न करो, जाओ, खेलो, ऐसा कहकर उसे वहाँ से हटा दिया जाता। तब वह झट दरवाजे की ओट में छिप जाती, और प्रायः रात को किसी चारपाई के नीचे, सन्दूक के ऊपर, मैले वस्त्रों के ढेर में जहाँ कहीं भी छिपने की जगह मिलती, सोयी पायी जाती।

माँ की मृत्यु के उपरान्त दोनों कन्याओं को चचा-चची के हाथों सौंप जब उनके पिता गृह-त्याग करने लगे, तो दोनों बच्चियाँ अचानक चीखकर उनकी टाँगों से लिपट गयीं। किन्तु 'नहीं, नहीं मुझे मोह-जाल में न उलझाओ' ऐसा कहते हुए उनके विरक्त पिता संसार के कल्याणार्थ उन्हें छोड़कर चले गये।

परिवार बहुत बड़ा था। आने जाने वालों की भीड़ लगी रहती। ऐसे कोलाहल में दमयन्ती को जब भी रसोई-घर से छुट्टी मिलती, वह शोभा को नीचे दूर आँगन में ज़ीनिया के फूलों के पास प्रतिदिन एक नयी सृष्टि करते हुए देखती। उसके चंचल मन में अब चिड़ियों, बिल्ली के बच्चों, पिल्लों, फूलों, तितलियों की महत्ता कम हो गयी थी। सीने-पिरोने तथा लिखने-पढ़ने को एक ओर रख, खाने-पीने की सुधि भूल, वह दिन-भर, पड़ोसियों के बच्चे विशु को गोद में लिये थपथपाती रहती, लोरियाँ देती और "मेरा बच्चा, अपना बच्चा" कहती हुई बार-बार उसका मुख चूम कर पागल हो उठती। उसकी बड़ी-बड़ी सुडौल आँखों में कुछ ऐसा जादू-भरा आकर्षण था, जिससे घर-बाहर के सभी छोटे-बड़े बच्चे उसके आदेशानुसार चलते। उसके आदेश से वे वृक्षों की पूरी टहनियाँ तोड़ लाते और पत्तों की कुटिया तैयार करते।

"किन्तु संसार में अदब-कायदा भी तो कोई चीज है—विशेषतया लड़कियों के लिए। बढ़ती उमर है आखिर कब तक वह घर के काम-काज कोने में रख, पराये बच्चों को गोदी में लिये इस तरह घूमती रहेगी।"

इस प्रकार एक दिन शोभा की पेशी चचा के सामने हुई। निस्सन्देह चची का कथन उचित ही तो था। घर में छः मास के शशि के होते हुए

भी केवल स्वस्थ और रंग गोरा होने के कारण पराये विशु को लिये घूमने में न जाने कौन-सा मधु झरा पड़ता था।

दमयन्ती को स्मरण आया, उस रात शोभा खाने नहीं आयी, न किसी को ही इस बात की चिन्ता थी। इसीलिए काम से निपटकर वह खुद ही रसद निकालने के बहाने शोभा को ढूँढ़ती हुई ऊपर की मंजिल के उस कमरे में गयी, जहाँ टूटी-फूटी चारपाइयाँ तथा लकड़ी का सामान पड़ा रहता था। त्रस्त कर देने वाली नीरवता में शीतल वायु के प्रबल झकोरे साँय-साँय करते हुए दोनों खिड़कियों की राह से टूटी खाट पर पड़ी शोभा के कपोलों को चूम रहे थे। निविड़ अन्धकार में पहले तो दमयन्ती को कुछ भी दिखाई न पड़ा, पर जब उसकी काँपती हुई उँगलियाँ किसी के पाँव से छू गयीं तो भी तो न जाने क्या सोचकर उसने शोभा को जगाया नहीं और आधी रात तक शून्य में देखती वहीं खड़ी रही। उस दिन भी वह शोभा को हृदय से न लगा सकी।

एक लम्बे व्यवधान के बाद, की एक दोपहर।...

उस वर्ष शोभा को पुराने ढंग के छात्रावास से हटाकर, जहाँ उसके सुन्दर केश-गुच्छों को काट दिया गया था, पाँव बुरी तरह फट गये थे, और लापरवाही से उसके नेत्र पलक-विहीन से हो चले थे—अपने साथ पहाड़ पर ले गयी थी। सामने की पर्वत शिखाओं पर से हिम पूर्णतया नहीं उठ पायी थी। तरु-शिखाओं पर कोमल किसलय फूट रहे थे। छोटे-छोटे गोल नुकीले रंगीन पत्थरों पर पिघलती हुई, बर्फ की जलधाराएँ छल-छल ध्वनि करती बह रही थीं। उनके किनारे नरम हरी घास में पीले-श्वेत डेज़िज़ खिल रहे थे। पीछे एक देवदारु के सघन वन से प्रतिक्षण अगर, धूप, कपूर आदि की अपूर्व सुगन्धि आ रही थी। जंगली गुलाब की नाजुक टहनियों पर रेबिन, अबाबील, आदि कई प्रकार की सुन्दर चिड़ियाँ निर्बाध झूल रही थीं। कभी कोई वनवासी काक टाँय-टाँय कर जाता था। प्रकृति के ऐसें मृदुल-मंजुल रूप को शोभा मानो पी जाना चाहती थी। वह घंटों हरे मैदान में मुँह छिपाए लेटी रहती। कभी वह पीला दुपट्टा ओढ़े खुले केश, नंगे पैर भागती हुई वन कन्या-सी पीछे के घने जंगल में जा खड़ी होती और पहाड़ी पथिकों के स्वर में स्वर मिलाकर ऊँचे-से गीत गाने लगती। फिर कभी अपने चचेरे भाई अपूर्व को लिये, जो पिछली गर्मी की छुट्टियों में वहीं आ गया था, नीचे झरने में नहाने दौड़ जाती।

बचपन ही से अपूर्व की शोभा से बहुत बनती है। वह उसके लिए ढेरों फूल चुन लाता। गोल-गोल पत्थर एकत्रित कर देता। एक-आध कटे वृक्ष पर मचान-सा बनाकर ऊपर चढ़ जाता और देशविदेश की कई अनोखी बातें सुनाकर शोभा के अल्हड़ मन को, सुदूर आकाश में गयी चील की भाँति किसी कल्पना लोक में छोड़ आता। इसीलिए चकित शोभा अपूर्व के पुस्तक पढ़ते-पढ़ते सो जाने पर उसे थपथपाती, उसके बालों में कंघा करती और उसके तनिक भी अस्वस्थ हो जाने पर बुरी तरह अधीर हो उठती।

तभी एक दिन काले बादल-सी छाया घिर आयी। अचानक उनके चचा, एक व्यक्ति को साथ लिये शोभा को देखने आ पहुँचे। उस दिन दोपहर को ही सामने की पहाड़ी पर जाना निश्चित हो चुका था। मार्ग में चारों ओर, मीलों तक हिम बिछी थी। अपूर्व और शोभा पहले ही चोटी तक पहुँच चुके थे। पीछे-पीछे जिस व्यक्ति के साथ उनके चचा हँसते हुए आ रहे थे, वह भारी-भरकम शरीर, अधेड़ आयु और बर्फीली वायु के कारण बार-बार हाँफता हुआ छड़ी के सहारे रुकता आ रहा था। उसकी आँखों में ऐसा हिंसक भाव था, मानो किसी नन्हे पक्षी के पीछे कोई चील अथवा बाज हो। विस्तृत गगन में पंख फैलाकर उड़ने वाली चिड़िया के समान शोभा के लिए यह दृश्य वास्तव में हास्यास्पद था। एक बड़ी चट्टान पर खड़ी-खड़ी पहले तो वह हँसती रही और बाद में, संकेत से अपूर्व को बुलाकर बर्फ को रौंदती हुई न-जाने किस ओर भाग गयी।

आगन्तुक महोदय ठीक से कन्या की गतिविधि भी न देख पाये और सायंकाल तक अधीरता से प्रतीक्षा करते रहे। किन्तु जब सूर्य की अन्तिम किरणों से सामने के हिमकिरीट, छलछलाती धाराएँ, हरा मैदान आदि सब आभायुक्त हो उठे, तो आच्छादित घन-समूह में से सूर्य-चन्द्र की भाँति दोनों भाई-बहन एक पगडंडी से होकर आते दिखाई दिये।

दमयन्ती ने शोभा को भीतर कमरे में ले जाकर कुछ प्यार से और कुछ शोभा के जिद करने पर, डाँट-डपटकर समझाया—"कि बड़ों का यह कथन नितान्त असंगत भी तो नहीं कि कितना ही क्यों न हो, कुमारी कन्याओं का, सगे भाई-बन्धु से भी मेलजोल अच्छा नहीं—शादी हो जाने पर वह जहाँ चाहे स्वतंन्त्रता से घूम फिर सकेगी इत्यादि।" किन्तु वह विचित्र लड़की न तो इधर देखती और न कुछ बोलती ही, प्रत्युत एक

बृहत पक्षी के सुदृढ़ फड़फड़ाते डैनों की भाँति कभी पृथ्वी पर पाँव पटकती, कभी दोनों घुटनों में सिर छुपा लेती और कभी कानों में उँगलियाँ दे लेती। अन्त में निश्चय यही हुआ कि बिना शोभा की परवाह किये, स्वीकृति दे देनी चाहिए,...इस पर एक कोने में बुत की भाँति खड़ी उस ढीठ लड़की की एकटक आँखों में हलचल-सी मच गयी। स्थिर अँधेरी रात में श्वेत बादलों की तरह उसकी काली सफेद पुतलियाँ तैरने लगीं और एक मूक-पीड़ित पशु की भाँति उसका अन्तर ऐसे संकेत करने लगा। उसके चेहरे पर ऐसा अदभुत गम्भीर भाव छा गया, जिसे देख कर दमयन्ती उस दिन अवाक्-सी रह गयी थी और बड़ी मुश्किल से कह कहा कर उस प्रस्ताव को स्थगित करवा दिया गया।

× × ×

शोभा जैसे व्यक्ति कभी रोते नहीं देखे गये। किन्तु जब कभी प्रति गहन आघात से उनके भीतर की कठोर जमी हुई व्यथित हिमशिला पिघल पड़ती है, तो वसन्त-ऋतु के निखरे आलोक की भाँति उनकी सम्पूर्ण जीवन-गाथा ही प्रतिबिम्बित हो उठती है। इसी से कई वर्षों के उपरान्त नीली-झील-से उन स्वच्छ नेत्रों में पुनः शीत के-से जो घन-समूह घिर आये, उनकी व्याख्या अति सूक्ष्म एवं गहन थी। क्षण-भर के लिए मानो प्रलय का-सा सन्नाटा छा गया हो। शोभा का समूचा शरीर उसी प्रकार निस्पन्द-सा दमयन्ती की छाती से टिका था। उसके कच्ची कली-से मसले हृदय की धड़कन में से फूट रही थी, एक कटते हुए तरुण वृक्ष की कड़-कड़-सी आवाज, भयानक-अन्धड़ में लोटते हुए किसी नव-पल्लव-की-सी मर्मर ध्वनि और मीलों तक के सुनसान पथ में पथहीन पथिक का-सा चीत्कार।

मन में अनेक आश्वासन भरे विचार उपजते हुए भी स्वयं दमयन्ती का कण्ठ इतना अवरुद्ध हो गया कि वह छोटी बहन के सिर को बार-बार चूमने और सहलाने के अतिरिक्त कुछ न कह सकी। पुनः कुछ क्षण गहन विचारों में डूबी हुई वह सोचने लगी—ऐसे आकर्षक, मोहक पाश फैलाने और क्षण-भर में समेट लेने की क्रूर व्यंग्य- भरी भावना प्रकृति में क्यों निहित है? उसके आगे चल-चित्र से घूम गये अशोक द्वारा भेजे गये अनेक लम्बे पत्र, जिनमें बार-बार शोभा के प्रति असीम अनुराग का वर्णन और उसके अलौकिक रूप गुणों का आख्यान होता; वे रंगीन सन्ध्याएँ जब घंटों ही वैज्ञानिक एवं चिकित्सा सम्बन्धी प्रयोगों

की प्रतिमा शोभा को चकाचौंध कर देती, यहाँ तक कि विवाह से पूर्व ही अपने विचारों और आदर्शों के अतिरिक्त चाल-ढाल, वेश-भूषा, तक को अंशोक की रुचि के अनुसार ढालने का प्रयत्न करती, भाँति-भाँति के उपहार बनाकर देती। उसकी सम्मति में प्रत्येक लड़की के लिए नर्सिंग सीखना, पति के कामों में प्राणपण से सहायक बनना आवश्यक था। अब वह आधुनिक शिक्षा-प्राप्त लड़कियों का स्वच्छन्द भाव से घूमना और अधिक आयु तक कुँवारा रहना भी पसन्द न करती। वह प्रायः रात को देर तक अशोक के लिए डिसपेंसरी में बैठी- बैठी प्रतीक्षा करते और मरीजों के आने-जाने की व्यवस्था करते देखी जाती। अपने नाम के स्थान पर, 'श्रीमती अशोक' लिखा देख गर्व से फूली न समाती और दस बार सगे सम्बन्धियों के बुलाने पर बड़ी शान से उत्तर देती। यहाँ तक कि बीच-बीच में सगी बहन तक से भी वह पुराने लहजे में बात न करती।

पर अब एकाएक अशोक के चले जाने के बाद उसके स्वभाव ने एक नया ही रुख ग्रहण किया। अब वह एकान्त में विरह-मन्दिर की पुजारिन बनकर न जाने कितने ही करुण गीत गाया करती...."यदि मैं बुलबुल होती, तो एक उड़ान में जा मिलती"...जैसे इन भाव गीतों की गूँज, सुनने वालों के जी को हिला देती। किन्तु विरह और विच्छेद में कितना मृत्यु का-सा महान् अन्तर है।

शोभा के हाथों में पकड़े हुए अशोक के पत्र की ये पंक्तियाँ तीक्ष्ण यन्त्र की भाँति उन दोनों के हृदय को बेध रही थीं–"आज की दुनिया में भावुकता को स्थान देना निरी मूर्खता है।...माना कि हम दोनों का परस्पर यह निजी चुनाव था, किन्तु वास्तव में वह अपने को धोखा था, प्रेम करने की चेष्टा-मात्र थी। नये सिरे से जीवन बनाने और मिटाने की स्वतन्त्रता इस युग के प्रत्येक व्यक्ति को मिलनी चाहिए।...फिर तुम जैसी नव शिक्षा में पली स्वच्छन्द प्रकृति की नारियों के लिए यह तनिक भी कठिन नहीं।"

साथ ही उस खाकी कमीज वाले युवक द्वारा उन उपहारों को लौटाने का भी उल्लेख था, जो समय-समय पर प्रति परिश्रम एवं स्नेह से भीगकर शोभा ने अशोक को भेंट किये थे।

× × ×

"इस अगाध सागर में न जाने कितने व्यक्तियों से नित्य नये सम्बन्ध बनते और टूटते हैं, पढ़-लिखकर भी स्नेह के क्षीण तन्तु से

चिपटे रहना नारी की दुर्बलता एवं मूर्खता नहीं, तो क्या? अतीत के इस छली आवरण को एक झटके में तोड़कर नव- निर्माण करो मेरी बच्ची।" कहकर दमयन्ती-देवी काँच के बर्तन-से छिन्न-भिन्न हृदय को जोड़ने का विफल प्रयत्न करते हुए शोभा को हाथ-मुँह धुलाने उस ओर ले गयी, जहाँ घर की चौखट पर बैठा हुआ ज्ञानसिंह अभी तक तरकारी में मिर्चें अधिक पड़ जाने के अनुताप से भर रहा था।

❑❑